LYRIK DES XXI. JAHRHUNDERTS

FRANKFURTER BIBLIOTHEK

Gründungsherausgeberin Giordana Brentano

Dritte Abteilung

Die Lyrik des XXI. Jahrhunderts

3.

Die besten Gedichte

Ausgewählte Gedichte aus der
Frankfurter Bibliothek

Bearbeitet von Fabian Bauer

FRANKFURTER
LITERATURVERLAG

FRANKFURT/M MÜNCHEN LONDON NEW YORK

Die besten Gedichte 2007

Ausgewählte Gedichte

aus der

Frankfurter Bibliothek

Bearbeitet von Fabian Bauer

FRANKFURTER
LITERATURVERLAG
FRANKFURT/M MÜNCHEN LONDON NEW YORK

Diese Buchausgabe der Edition
Lyrik des XXI. Jahrhunderts
wurde mit einer Goudy Old Style gesetzt,
im Bogenoffset gedruckt
und in Fadenheftung gebunden.
Alle verwendeten Materialien
entsprechen alterungsbeständiger Qualität,
und die Papiere sind chlor- und säurefrei.

ISBN 978-3-86548-759-9

2007

FRANKFURTER LITERATURVERLAG
Ein Unternehmen der
FRANKFURTER VERLAGSGRUPPE
HOLDING AG AUGUST VON GOETHE
In der Straße des Goethe-Hauses
Großer Hirschgraben 15
60311 Frankfurt a.M., Tel. 069-408940
www.frankfurter-literaturverlag.de

Trauer

Scharfer Schmerz durchsticht die Seele,
Lähmt und tötet den Verstand
Wie ein Werk von Teufelshand.
Sag, warum ich mich so quäle!

Sehnsucht wird zu meiner Leiter,
Inspiriert mich, treibt mich weiter –
Wirft mich aber auch zurück,
Wenn enttäuscht ich bin vom Glück.

*Manuela Ahrens (*1971)*

Unendliche Gerechtigkeit

Die Ideale Menschen-, Frauenrechte,
Gerechtigkeit, Demokratie
Hat der Irakkrieg nur weiter unterhöhlt.
Trotz der zu Hunderten gefallenen US-
amerikanischen Soldaten
gelingt es nicht, die Fahne der Freiheit zu
entrollen.
Gefangene in Guantanamo zeugen dagegen:
„Zu Tausenden hocken wir geduckt in Käfigzellen,
von schmutzigen nächtlichen Verhören zermürbt.
Als Entblößte, Nackte springen die Bluthunde
uns an:
Stupid ones, we'll see you kneeling on your
knees!"
Die berüchtigt „schweren Jungs" beschränken
sich trotzdem auf knapp drei Dutzend.
Folterknechte entlassen die Übrigen
traumatisiert.
Folterer auch im Abu-Ghraib Gefängnis in
Bagdad.
Totgefolterte.
Generäle geilen sich an fotographierter
Pornographie
mit nackten Gefangenen auf.
Zu Tausenden verlassen Traumatisierte
späterhin
die Zwingburg als Unschuldige.

Alumne Amenz

Stürme des Lebens
Wogender Tanz
Liebe und Vertrauen
Stärke und Glanz

Frieden auf Erden
Lauschendes Wachen
Toleranz und Gefühle
Freude am Lachen

Hauch von Freiheit
Lachendes Gut
Trost und Vergebung
Träume und Mut

Sterne am Himmel
Weite Sicht
Wissen und Weisheit
Leben im Licht

Stürme des Lebens
Wogender Tanz
Liebe ist Leben
Liebe ist Glanz

*Dorothee Arntenbrink (*1961)*

Warum?

Völlig am Ende
alles probiert
Verdrängung. Exzessiv.
Früher stets im muntern
Blick – goldig, so liebenswert.
Innen drin anders
allein das arme Wurm.
Schrie und schrie –
Ständig krank, Augen zu.
– Ein Phänomen.
Sprach schon so früh
Perfekt! – Wie schön!
Solch seltsame Spielchen;
Papa. Warum?
Macht, Angst, Krank;
Das Phänomen? – Alles gut.
Dieser höllische Schmerz.
Schrei! – Am Ende die Rettung
In den Tod.
Jetzt? Sie? – Warum?

*Doris Anspichler (*1949)*

Der Bettler

Ein großes Stadtfest ist angesagt
Und bei Jung und Alt sehr gefragt.
Es herrscht Jubel, Trubel, Heiterkeit
Vergessen ist bald des Alltags Leid.

Dicht an dicht drängen sich die Massen
Durch geschmückte Straßen, enge Gassen.
Es wird getanzt, gelacht und geschunkelt
Auch manch' edler Tropfen im Glase funkelt.

Nur wenig abseits davon, im zerrissenen Gewand,
Sitzt unbeachtet ein alter Mann am Straßenrand.
Ihm ist heute nicht zum Feiern zumut',
Denn gähnend leer ist noch sein Hut.

Dolch welch wunderbare Begebenheit,
Ein kleines Mädchen nimmt sich die Zeit.
Es sieht die Tränen in des Bettlers Gesicht
Im Schatten der Sonne, abseits vom Licht.

Ihr letztes Geld, für Bratwurst mit Pommes gedacht,
Hat sie lächelnd dem alten Mann vermacht!
Der dankt ihr höflich mit zittrig-frierender Hand
Und eilt freudig zum nächsten Würstchenstand.

*Gerhard Aschermann (*1939)*

Augenblicke des Lebens

Augenblicke kommen plötzlich, unverhofft
und sind im Leben nur Momente oft.
Sie tauchen wie Kometen am Himmel auf
und verglühen sichtbar schon kurz darauf.

Augenblicke spiegeln die Wechselfälle des Lebens wider,
entweder sie richten dich auf oder reißen dich nieder.
Gestern noch Ausgelassenheit und Glückseligkeit
und heute nur noch Trauer oder Zank und Streit.

Augenblicke können verletzen und schmerzen
und blutige Wunden schlagen in unsere Herzen.
Sie sind dann oft verbunden mit Angst und Sorgen
und schlaflosen Nächten bis in den frühen Morgen.

Es gibt jedoch auch Glücksmomente im Leben,
die uns Hoffnung, Freude und Erfüllung geben.
Beginn daher den neuen Tag mit frischem Schwung,
dann bleibst du fit, auch liebenswert und jung!

Genieß die heiteren Augenblicke voller Glück,
denn sie vergehen schnell und kehren nicht zurück.
Halt sie in deiner Erinnerung fest, die schöne Zeit,
dann wird der Augenblick für dich zur Ewigkeit!

*Ingrid Aschermann (*1942 †2006)*

Mutterliebe

Wie eine Mutter
ihrem Kinde zu
essen gibt, es
sanft in den Armen wiegt
Die Freude, das
Lachen hegt, wenn es
krank ist pflegt.
Die Sorgen teilt,
Tränen mit ihm
weint, viel betet,
lacht und singt.
Das ist die Liebe
einer Mutter zu
ihrem Kind.

Ingrid Avanzini

Herbst 1970/2004

Herbst – warme Farben
kühle Lüfte
niedrige Sonne
wallende Nebel
ich beginne zu frieren.

Einsam bin ich
still der feucht-bunte Wald
Wind als mein Begleiter
fallende Blätter in meinem Gesicht
wie flüchtiges Streicheln von dir.

Herbst – ich mag dich
mag deinen Modergeruch
der meine Sinne betört
spüre das Vergängliche vergehen
mich fröstelt so angenehm.

*Ursula Bach-Puyplat (*1943)*

Kinder unserer Welt

sind der Atem unserer Zukunft,
von Gott gewollt, geliebt
und ausersehen, sind sie das Leben
unseres Seins.

Kinder unserer Welt
brauchen ihre Eltern in gelebter Liebe,
Geborgenheit und Stärke
menschlichen Verstehens.

Kinder unserer Welt
reichen uns die Hände zur Brücke
ihres Glaubens an die Ehrlichkeit
ihrer Liebe, im Vertrauen auf
die Menschen, im göttlichen Gespür,
der ihnen anvertrauten Welt.

*Helga Bach Schumacher (*1936)*

Landgang

Mit Schwärmen aus verbrannten Wolken
stürmen Traumschreiber die unbedeckten
    Straßen
Köpfe brennender Matrosen vor hungrigen
    Wänden
Ich würde erkennen, wenn die trunkenen
    Lichter
einhergehen mit Liebesmasken
die sich aus schwarzem Blut ergießen

*Walter Balluch (*1968)*

Danken

Danken – das ist die große Kraft des
Lebens,
die immer Wachstum bringt, Blüte und
Frucht.
Dank zu empfinden ist niemals
vergebens,
weil dies auch dich selbst zu beglücken
sucht.
Dank will an freudiges Geben
gewöhnen,
erfüllt sich in Frieden und
Harmonie;
Es kann Brücken schlagen, Welten
versöhnen,
das kleine Wort danke, thank-you,
merci.

*Anna-Gertrud Bantel (*1919)*

Winterschlaf

Winterschlaf, nicht mit Traurigkeit verbunden.
Angepasst an die Reduzierung der Natur.
Rückzug der Tiere aus der erstarrten Landschaft.
Sehnsucht der Menschen der Schnelligkeit zu
entfliehen.
Es den Tieren gleich zu tun, sich in einen
Warmen Kokon zu hüllen.
Diese kalte Jahresphase zu verschlafen.
Im Frühling sich der Wärme zu öffnen.
Wieder am Leben teilnehmend,
neue Kraft einzubringen.
Ich denke mir, – Winterschlaf bleibt ein
Wintertraum.

Heide Batz

Man ist und bleibt ein Kind
1. Januar 1998

Man ist und bleibt – ein Kind.
Auch wenn die Zeit so schnell verrinnt.
Man ist und bleibt – ein Kind.

Auch wenn die Jahre einen älter und
reifer machen.
Man ist und bleibt – ein Kind.
Auch wenn man meint
noch so erwachsen zu sein.
Man ist und bleibt – ein Kind.
Die Jahre
– nein –
die machen es nicht aus.

Sie sagen Blödsinn.
Ich bin erwachsen und
kein Kind.

Und doch werden auch sie einmal sagen:
„Ich bin und bleib ein Kind."

Jeder, der auf jemanden angewiesen ist,
erkennt schließlich:
„Man ist und bleibt – ein Kind."

*Silke Baudendistel (*1977)*

Herbstgedanken (Allgemein)

Grau und stürmisch ist das Gemüt,
Nur noch selten etwas erblüht.

Nebel und Regenschauer
Erfüllen das Herz mit Trauer.

Nur selten ist ein Sonnenstrahl zu erblicken,
Glaubst an dem vielen Grau zu ersticken.

Doch die bunten Bäume,
Wecken schöne Träume.

Laub raschelt unter den Füßen,
Uns den Herbst zu versüßen.

Böen malen Muster in die Wiesen,
Rinnsale fangen an zu fließen.

Allgemein lässt sich noch sagen,
Dass Tannen immer ihre Nadeln tragen.

*Andreas Baumann (*1974)*

Göttlicher Preis

Im Schweigen
liegt Größe,
die Klugheit einschließt.
Wer redet,
zeigt Blöße,
wer redet vergießt.

Wer denkt,
ohne Grenzen,
die Lieb' sich gesellt,
die Knospe,
zur Blüte,
der Frühling,
zum Sommer
sich erhellt.

Und träumst du
im Winter,
bei Schnee
und bei Eis,
derweil schon erwachet,
der Frühling,
als göttlicher Preis.

*Erwin Becker (*1928)*

Die Bank

Die Bank im Park, in Baumes Schatten,
im stillen Tal, an grünen Matten,
läd zum Verweilen Belad'ne ein,
auch schäumende Freude zu verteil'n.

Sie stützt, wenn jeder Schritt fällt schwer,
stellt menschliche Beziehung 'her,
sie gehört nun 'mal in unser Leben,
drum sollten wir den Platz ihr geben,

den Dichter, Musiker beschrieb'n, besung'n,
bis lang in uns hat's nachgeklung'n,
denn jeder Mensch hat seine Bank,
auf der er einmal niedersank!

Sei's als Liebender in lauer Nacht,
sei's—jäh aus dem Traum erwacht
als reifer Mensch, mit wehem Lächeln
Gedanken seinen Mund umfächeln.

Sie lud so manchen zu sich ein,
geplagt von Schmerzen, Not und Pein.
Ihr gehört Dank, großes Lob,
da man erquicket sich erhob.

Die Bank, wo immer sie auch sei,
im Rückbesinnen stets dabei
tief in uns verankert bleibt,
wenn lärmend die Zeit vorübertreibt.

*Rosemarie Beckmeier (*1924)*

Der Lehrsatz

In guten Zeiten
wächst das Gute gut ...

Zu lernen ist in jeder Zeit:
das Gute gut zu lehren. –

Das ist:
Mit der Güte des Wissens,
                des Wortes,
                des Weges,
                der Werte,
                der Weisheit
das Gute des Menschseins
im Schüler entdecken und mehren. –

Mit dieser fünffachen Güte
– freundlich gelehrt und gelenkt –
wächst das Gute am besten ...

*Heinz Behnke (*1927)*

Der Zauber der Natur

Es ist das Wunder der Natur,
dass die Morgensonne die Blume mit Tau bedeckt.
Es ist ein Zauber der Natur,
wenn die Blume gierig den Tau aufleckt.

Der Blume bekommt es wohl
und es schmeckt ihr gut,
ihre Farben leuchten
so prächtig in der Sonnenglut.

Es ist das Geheimnis der Natur,
dass sie die Blätter welken lässt.
und wie ein Wunder nach einiger Zeit
hält der Lenz neue Blätter bereit.

Es ist die Tragödie dieser Natur,
die Raupe, die das Blatt vernascht,
wird später von dem Piepmatz überrascht,
doch dieser wird von der Katze erhascht.

Trotzdem lebt die Natur.
Es zwitschert und piepst in Feld und Flur.
Es krabbelt und raschelt auf dem Blatt und im
Strauch.
Alles will leben und wir Menschen auch.

Eleonore Beitner

Vergessene Worte!

Alle vergessenen Worte der Liebe,
einst in glücklichen Tagen gesprochen
suche sie, sammele sie und flechte
sie in deinen Alltag. So wird die

Sonne wiederkehren in dein Leben!
Aus den Stoppelfeldern deines Innern
wird ein grünender Garten erwachsen.
Duftende Rosen werden neu erblühen!

Alle vergessenen Worte der Liebe,
suche sie, lasse sie wiederkehren,
flechte einen Kranz der Liebe daraus
und kröne damit deinen Alltag!

Maria Bengtsson Stier

Nebel

Nebel –
Schwarzes Federchen
Ganz leicht
Auf dem spiegelglatten Wasser

Schatten –
Weißes Federchen
Ganz leicht
Auf dem spiegelglatten See

Sonne –
Schwarzes Federchen
Weißer Flaum
Graue Schatten

Weißes Federchen
Ganz leicht
Zerfließt im Nebel

Sein ...

*Erika Bergner (*1957)*

Sehnsucht

Die Dunkelheit und das Licht
verzehren sich in ungestillter
Sehnsucht nacheinander

Atemlos vor Verlangen
erleben sie nur
flüchtige Umarmungen

Der Tag treibt sie in ewiger
Tanzrhythmik auseinander
Die Nacht wirft über sie
ihre Schleier

Nach flüchtiger Verschmelzung
in Wasserspiegelungen
verwischt der Wind lachend
ihre Spuren

*Liliana Berov (*1936)*

Zu einer Fernsehnachricht

Ein Junge schoss – der suchte einen Spaß –
dem Alten, der in seinem Garten saß,
mit Absicht einen Böller ins Gesicht.
So steht es in der Akte vom Gericht.
Der Mann verlor ein Auge und sein Ohr.

Obwohl er war sehr respektiert davor,
ist er, verletzt, zum Spott des Dorf's geworden.

Erschreckend, was ein Kind so machen kann
wenn Eltern, Schule hoffnungslos versagen,
Doch viel, viel mehr ist, mein ich, zu beklagen,
wenn Menschen, so brutal verletzt, statt Hilf'
nur Spott zuteil wird, so wie neuerlich…
Das find' ich mehr als UNGEHEUERlich!

Das Gericht für Jugend war auch streng,
verdonnerte den Täter in dem Fall,
zu zwanzig stunden Arbeit als Gehilfe,
in einem ganz modernen Hasenstall.

Verzeihe solchen Spott auf keinen Fall,
o Herr, denn Spötter wissen überall
und immer, wem, warum und was sie tun!
Und gegen bösen, monstruösen Spott
Ist keiner auf der großen Welt immun,
bestrafe solche Spötter einmal Gott!

Wie's bei den Tieren ist, das weiß ich nicht,
doch menschlich sind die solchen Taten nicht!

*Johannes Bettisch (*1932)*

Jagdflug

Greif mich, Vogel,
nur in deinen Fängen
spüre ich meine Bestimmung.
Lass uns die kurze verbleibende Strecke,
die über mein Schicksal entscheidet,
gemeinsam fliegen.
Ich lasse viel zurück.
Ein Leben im Tausch gegen ein anderes.
Lässt dein Griff nach,
dann werde ich dir entgleiten,
denn auch anderswo werde ich gebraucht.
Die Zukunft liegt in deinen Krallen.

*Eva Beylich (*1957)*

Kälte über der Stadt

Ein tödlich kalter See voll Luft und Stille
erweckt die Einsamkeit zum Leben.
Gestalten – und gestaltlos ist der Flur,
verzogen hinter warme Essen.
Einsam zweisam auch die Schritte
knirschend, krachend über Schnee und Eis –
So schön war's lange nicht gewesen ...
Dem Schlot entsteigt der Holzrauch leis.
Und gar nicht fern
ein erster heller Stern
blinkt von der Höh'
und mit dem Schnee
verbindet sich die kalte Luft
zu einem ganz besonderen Daseinsduft.
Erhellt den Geist, die Seel' und dringt ins Hirn.
Wie Edelsteine glänzt der Firn
in dieser schmalen Vorstadtgasse.
Wenn auch der kalte Körper bebt,
frierend in der hellen Straße,
ist's doch so schön: Die Seele lebt!"

Reinhard Bicher

Müd' ist mein Herz

Müd' ist mein Herz
Vom vielen Hoffen
Glauben an die Liebe.
Vertrauen in Menschen gehegt.
Zersplittert an Lügen
Misstrauen
Ist mein
Ich.
Weshalb schläfst du
nicht endlich ein
mein Herz,
wenn du so müd'
vom Leben bist?

*Patrizia Bienia (*1980)*

Blick auf Manhattan – Gedanken zum 11. September

Zwei Birken auf meiner Terrasse mit Blick auf Manhattan
wie in jenem September noch grün belaubt,
doch ihrer grandiosen Kulisse beraubt.
Zwei Türme haben sie flankiert,
träumend war mein Blick oft auf sie fokussiert.

Dunstgraue Skyline, nun wie beschnitten,
Symbiose zerstört, ein Nichts in der Mitten.
Gedanken an Momente voll dunkler Magie,
hier führte der Hass vernichtend Regie.
Die Welt schaute zu wie paralysiert,
Symbole der Macht waren ausradiert.

Bizarre Trümmer ragten gespenstisch empor,
wie aus Trauerschleiern tauchte Ground Zero hervor.

Ich träume nicht mehr, schaue täglich noch hin,
und suche wie andere nach Wahrheit und Sinn.
Gefühle verblassen von Jahr zu Jahr,
was auch immer damals wirklich geschah,
die Welt ist verändert,
denn nichts ist mehr so wie es mal war.

Nur meine zwei Birken stehen immer noch da.

*Gisela Bierbach-Enderle (*1946)*

Sonett: Göttlicher Eros

Gewidmet an eine große Leserin unserer Zeit
Dorothea Moritz

Ich weiß es! Ein' erbärmliche Figur bin ich
abgründiger Freiheit; – das Ja und das Nein
göttlicher Gabe und gleich des Todes Stich,
als Adler zu fliegen oder fallen als Stein.

O! Erhabener! Charme der Milde und Kraft!
Das All, deiner Glorie blendendes Licht singt
wie eine himmlisch' Nachtigall, mit
Schwermut sanft
das schmerzliche Trennungslied vom Eden,
und ringt

einer Feuerlawine gleich, in meiner Brust!
Doch brod'lt und zieht mich an, eines Echos
Fried'nsklang,
mit unlöschbarer Freud', unaussprechlicher Lust!

Unendliche Liebe komm! Erfüll' meine Gier
nach ewiger Umarmung, Triumphes Gesang–
Nimm diese Freiheit! Und lass mich verlieren
in Dir!

Pater Charalambos Bislanis

Du bist

nicht schwarz,
du bist nicht weiß –
der Schatten
gibt das Wesen preis.

Du bist nicht jung,
du bist nicht alt,
das Wesen
ruht in der Gestalt.

Der Schatten
hüllt die Seele ein,
in ihm
verbirgt sich unser Sein.

Erika B. Blaas

Danke

Danke, daß du mich führst und leitest,
Danke, daß du meinen Weg bereitest.
Danke für die Liebe die du gibst,
Danke, daß du alle Menschen liebst.
Danke Jesus Christus für deine Hilfe in der
Not,
Danke, daß es sich für dich zu leben lohnt.

*Marlis Blasius (*1957)*

Grienen

Zuweilen Vernunft und Gefühl
Hand in Hand über taufrische Wiesen
schlendern
perlt das Lächeln froh aus dem Gesicht
fällt sacht wie der Tautropfen am Grashalm,
den das Gefühl berührte
und zieht strahlend seine Kreise

Jedoch:
Das Gefühl geht mit geschloss'nem Aug
schweigt und nippt am Sekt des Genießens
sicher dem Schutz der Vernunft
doch
es fällt, wo die Vernunft hat nur herzlose
Augen für sich
und zerbricht wie eine Seifenblase in deiner
Hand

Jedoch:
Ist die Vernunft abgelenkt
ist das Gefühl ungezwungen
kommt aus sich hinaus
und angelt nach den Sonnenstrahlen
und zaubert so auch ein Lächeln auf dein
Gesicht

*Bianca Blome (*1984)*

Frühling

Die Sonne steigt, tags wird es heller,
Büsch' und Bäume recken sich,
der letzte Schnee taut immer schneller –
Frühling wird's nun auch für dich.

Stare aus dem Süden grüßen,
endlich wird es wieder wärmer.
Erste Maulwurfshügel sprießen,
noch verpuppt, träumt schon der Schwärmer.

Gartenblumen werden bunter,
die Narzissen strahlen schon,
alle Vögel zwitschern munter –
frei sind wir von Winters Fron.

Frühling wird's nun auch für dich.
Was Menschen plagte, schwindet,
weil die schwache Seele sich
mit neuem Glück verbindet.

*H.-Jörg Boening (*1940)*

Der Gipfelstürmer

brennendes Blut
jung und heiß
das Leben ruft
„komm komm“
drängen und stürmen
wir auf den Berg
das goldene Kreuz
glüht auf der Brust
als wir da waren
im Land des Glücks
atemlos und satt
tauchten wir in Träume

*Jürgen Bonk (*1963)*

Besinnung

Mit verspätetem Schmerz trifft im Herbst
mich lange verlorene Liebe.
November.
Der Tod setzt wieder
ein Zeichen der Endgültigkeit.

Liebe ist Abschied. Alles
wirst du im Leben verlieren.
Mein Freund, unerreichbar nah
ist mir deines Lächelns Geheimnis.

*Renate Bösel (*1943)*

Was kommt danach

1. Du musstest fort
   kommst nicht zurück
   nie mehr von Dir ein liebes Wort
   vermisse Deinen sanften Blick.

2. Die Bitterkeit in meinem Herzen
   löst Melancholie, endlose Trauer aus
   es weichen nicht die seelischen Schmerzen
   es fällt mir schwer allein zuhaus.

3. Dein trautes Lächeln nach Deiner
   schwersten Stunde
   verheißt mir: neues Glück entdecken
   als sprächst Du mit Deinem Munde
   es zu wagen ohne Schrecken.

4. So wie wir uns stets geliebt
   muss auch die neue Liebe sein
   was mir alles auch beliebt
   es darf nicht zum Scheine sein.

5. Fast alles habe ich Dir jetzt gesagt
   welches Leben ich mir noch erträume
   ich weiß, Du gibst mir Deinen Segen
   damit ich nichts versäume

Horst Bötel (1937)*

Mein Adler soll fliegen

Nun sind vier Jahre vorbei,
ich und mein Adler, nur wir zwei.
Mit Freude nahm ich ihn auf,
trotz Krankheit, das nahm ich in kauf.
Wir genossen die Zeit der Freiheit,
nie mehr gefangen nur noch traute
Zweisamkeit.
Doch dann war da noch die Gewissheit,
ich wusste er blieb bei mir gern,
die Schattenseite von mir in Dunkelheit,
diese lag nie fern.
Die Monate im Kerkerloch zu zweit,
endlos scheinende Finsternis übermantelte
unsere Seelen derzeit.
Man kann es Egoismus nennen,
denn ich wollte mich nicht von ihm trennen.
Er sah nie wirklich glücklich aus
das erkannte ich nun,
und für mich gab es nur eines zu tun.
Mein Adler sollte in Freiheit das Leben lieben,
und somit ließ ich ihn nach Hause fliegen.
Nun bin ich alleine ob Tag oder Nacht,
aber in meinen Träumen bin ich immer mit
meinem Adler erwacht.

*Markus Brenner (*1970)*

Ewigkeit

In einem fernen Niemandsland
ein Berg aus Diamanten stand
und alle hundert Jahre kam,
ein Vöglein zart und wundersam.

Setzt sich alsbald hernieder
putzt gründlich sein Gefieder
und wetzt sodann aus Übermut
sein Schnäbelchen am Berg recht gut.

An diesem Berg aus Diamant
der in dem fernen Lande stand.

Vom Glanz des Berges ganz benommen
flog es hinweg woher's gekommen,
das Vöglein zart und wunderschön
ward' hundert Jahr' nicht mehr gesehn.

Und als der Berg einst abgewetzt,
das Vöglein sich zum Schlafen setzt
vergangen dann ... un-end-lich Zeit
nur eine Sekunde der Ewigkeit.

*Gloria-Brigitte Brinkmann (*1944)*

Traum des Teufels

Schleichend um des Friedens Stille
ist es des Teufels eis'ner Wille,
zu zerstören und zu töten,
ohne Gnade, ohn' von Nöten.

Menschenleben zählen nicht,
Leid und Trauer ohn' Gewicht.
Nur aus purer Selbstverachtung
offenbart sich die Abschlachtung.

Infam und feige hetzt einher
Gevatters Schar mit wildem Heer,
auszuräumen des Menschen Glück,
das friedliche Leben Stück um Stück.

Steht endlich auf und sprengt die Ketten,
Zufriedenheit und Wohl zu retten.
Verdammt das üble Desaster,
des Teufels eignes schweres Laster.

*Manfred Brösicke (*1945)*

Predigt

Von der Empore – voll im Ton,
gewaltig braust die Orgel schon,
gibt der Predigt das Geleit,
Gott der Herr – er ist nicht weit.

Der Pfarrer von der Kanzel spricht
von Hoffnung – einem hellen Licht,
von kleiner, wie auch großer Sünde
und was den Mensch mit Gott verbinde.

Er spricht von Sorge und Verdruss,
wie man auch – selbst – sich helfen muss,
da einem Jeden mitgegeben –
Einfluss zu nehmen auf sein Leben.

Auch in der Eigenschaft als Christ –
der Mensch nicht immer schuldfrei ist,
wo durch falsches Selbstvertrauen
eig'ne Wege sich verbauen.

So lässt sich auch aus vielen Gründen,
auf Erden schon die Hölle finden.
Das Böse bremsen – und mitnichten
Den Blick auf Gott nur fordernd richten.

Der Pfarrer spricht mit Akribie
von Gott gewollt ist Böses nie,
zeigt auf – die finsteren Gewalten,
die auch im Menschen sich gestalten.

Das Wort der Hoffnung zu Beginn
hat hier noch einmal tiefen Sinn.
Und so spricht in Gottes Namen –
Pfarrer und Gemeinde – Amen.

*Horst Robert Brück (*1929)*

Licht

Ich bin auf keiner
Welle geritten,
und die Burg,
die ich gebaut,
war aus Sand,

doch die Muschel
an meinem Ohr
hat mir erzählt

von Schlössern
aus Luft
und Kronen
aus Schaum,
von Korallen
blutrot.

Das Schloss
der Träume,
über dem Riff,

hat eine Kammer
aus Licht;
sie steht mir offen.

*Ruth Brühl (*1927)*

Herzenstränen

Im Kerzenlichte soll erstrahlen
Geheimnisvoll die dunkle Nacht,
Die bange mich und einsam macht
Ob meiner grimmen Herzensqualen.

Sobald ein Perlenstrom aus Tränen
Heiß über meine Wangen fließt
Und sich befreiend mir ergießt,
Kann – ach! – erleichtert ich mich wähnen.

Um die Wette wir weinen – die Kerzen und ich;
Ja, sie werden verlieren ganz sicher zum Schluß.
Aus den Augen mir rinnen die Tränen im Fluß.
Hätt' ich weniger Herzweh zu weinen um Dich!

Von den tränenden Kerzen bleibt nur noch ein
 Stück. –
So vergeh'n viele Stunden des Weinens nach Dir.
Oh, wie glüh'n meine Wunden, denn Du bist nicht
 hier.
Ach, ich wünsch' mir von Herzen, Du kommst
 bald zurück!

Und das Dunkel der Nacht, es umhüllt mich
 sogleich,
Als die letzte der Kerzen dann schließlich erlischt.
Mit dem Wachse mein Strom voller Tränen sich
 mischt.
Ohne Dich ist kein Licht – nur aus Tränen ein Teich.

*Thomas Bryant (*1979)*

Ungetüm

Mit gewaltigen Flügeln
peitscht es die Wasser
Auswuchs der Hölle
treibt schwarze Giganten
speiend wild
zu urkraftentfesselndem Tanz
atemlos wutentbrannt angsterregend
in geifernder Gier
dumpfes Donnern schlagen breschen
weiß schäumende Mäuler fressen den Wall
näher kommt es näher

wo macht es Halt

finster Gewölk Phosphorlicht sprühend
Mauern fallen Dächer fliegen
schaurig wächst das Ungetüm
tosend fällt das Wellengetürm
fletschend richtet es sich auf
wälzt sich gefräßig fort und fort

da steht der Mensch in seinem Wahn
machtlos hilflos

*Erika Buhr (*1932)*

Tal der Wasser
(Gelttal bei Rein in Taufers/ Südtirol)

Ein letzter Schritt nach einem langen Anstieg
dann öffnet sich die Hochalm meinem Blick.
Im Halbrund lehnt die Fläche – fern am Talschluß –
kulissengleich an braunen Felsenschliff.

Die Sicht ist frei hin zu den Gletscherriesen,
die zeitlos stumm das weite Tal umstehn.
Und hoch im Eisbruch glühen Sonnenfeuer
im Farbenspiel von lichtem Blau und Grün.

Der Wiesengrund ein Blütenmeer der Sinne,
im lila Kleid der Almrausch, dicht am Bach.
Aufstrebend an den grauen Felsenhängen
Gezweig von Föhren und der Flechten Pracht.

Von allen Gletschern ringsum rinnen Wasser
nach langem Schlaf in eiserstarrter Nacht.
Es quillt und strömt aus Hang- und Felsenschründen
und eilt dahin so unbeirrt und sacht.

Als Rinnsal erst, versammelt dann in Bächen,
fließt, springt und stürzt es schäumend hin zum Tal,
durchquert die Flur der farbenbunten Almen,
es murmelt, raunt und plätschert überall.

Einst saß ich gern dort in dem Tal der Wasser,
genoß die vielen Wunder der Natur.
Fand Ruhe auch und Antwort auf die Fragen,
die ich so oft im Lärm der Zeit verlor.

*Gerd Buskamp (*1935)*

Gedanken beim Blick aus dem Fenster im Herbst

Blätter fallen, fallen, fallen ...
braune, rote, gelbe und – grüne auch,
ein wiegendes Schweben, ein stilles Ahnen ist in allen
und ein kraftloses Niedersinken
getragen vom sanften Hauch.
Menschen fallen ... fallen ... fallen ...
alte, kranke, sehwache und – junge auch,
ein lautloses Hoffen, ein ewiges Ahnen ist in allen
und ein leises Hinübergleiten
umfangen vom kalten Hauch.
Menschen wie Blätter fallen, sie sinken zur Erde nieder,
sie geben zurück, was die Sonne an Wärme ihnen gegeben.
Selbstlos sie bringen der Erde die Kraft wieder,
Kraft, die sie empfangen hatten als Nahrung fürs Leben.
Denn Wärme, Kraft und Liebe braucht es auf Erden
für neues Leben, für keimendes Werden.

*Sibylle Carlhoff (*1921)*

Arabische Träume

Da steht er, wie in Stein gemeißelt,
Dunkle, feurige Augen.
Ich seh, wie sie aufs Meer schauen.
Er das Bild mit ihnen festhält.

Letzte Sonnenstrahlen
Zaubern Lichtreflexe ins goldene Fell,
Der versinkende Tag wird noch schnell.
Spielerische Muster hinein malen.

Was verbirgt sich hinter dem glitzernden
Meer?
Vielleicht ein fernes Land
hinter dem Horizont, erbaut von Gottes Hand?
Erweckt doch seine Neugier sehr.

So halte ich den Atem an, wenn er herumwirbelt
das stolze arabische Pferde.
Eleganz in herrlicher Gebärde
Während mein Mund unbemerkt zärtliche
Worte murmelt.

Schnelligkeit treibt ihn fort,
Um doch einmal im Leben frei zu sein,
Noch seh ich einen letzten goldenen Schein,
Schwebe davon, mein sehnsuchtsvoller Lord.

*Silke Clasen (*1987)*

Mondesanblick

Caspar David Friedrich zugeignet

Mondesanblick – überall Erwarten
Des Zaubers…zwischen Wipfel
Und Gestein, den Wald

Erlösend, über Pfad und Wurzel
Ruhend …bei Kapelle
Oder Kreuz …

Anleuchtend aus Ruinen
Wie den Meeren …aus Klippen
Mit dem Licht der ganzen Welt!

*Hans Claßen (*1953)*

Imagination

Wenn sanft der Wind
In allen Bäumen rauscht,
Singt er von dir,
Und meine Seele lauscht.
In stiller Mondnacht
Seh ich dein Gesicht,
Im Morgenrot und auch im Abendlicht.
Und bei der Sonne hellem Schein,
Weiß ich, du wirst immer bei mir sein.
Bist du auch tausend Meilen fort,
Ich bin dir nah an jedem noch so fernen Ort.
Des Baches Murmeln, das stürmische Meer,
Die Wolken am Himmel, der Regen,
Bringen dich her.
Der Duft der Rose erzählt mir von dir;
Wo ich auch bin,
Du bist bei mir.

*Marlene Cremer (*1936)*

Vollmondnacht

Noch trunken vom Schlaf, vom Vollmond geweckt,
schleicht sie auf schuhlosen Füßen zum
rauschenden Strand.
Königsgleich thront er rund und milchig weich
am samtblauen Himmel.
Trotzig erhellt er das Dunkel der bleiernen Nacht.
Fasziniert mit erwachendem Erkennen
gebiert sie die Gewissheit,
dass aus Macht Ohnmacht und
aus Ohnmacht Macht werden kann.
Dass nichts so ist, wie es scheint und
nichts so bleibt wie es ist.
Ihre eigene Endlichkeit mit Trauer in sich tragend
vereint sich mit der Unendlichkeit des Seins.
Gefühle wollen neu gefühlt und
Worte neu erfunden werden.
Feenschleiern ähnlich spielt der Nebel mit dem Mond,
wenn die Einzigartigkeit ihrer Seele zerspringt.

*Ellen Cronhardt-Lück-Giessen (*1961)*

Bergzeiten

Im verwitterten Kalk
die Auslotung der Erdtiefen,
Schratte um Schratte:
Höhlen, in denen Jahrtausende wohnen.

Neue Jahre
entwerfen unter dem Boden
Namen für Farben.
Rosenrot, Enzianblau, Honiggelb.

Jedoch:
auf Heiterkeit
ist wenig Verlass.
Hier hat der Sommer
Schmetterlingsflügel.

Das karge Bergheu
wird in Stadeln gehortet.

Wenn Schnee
vorhergesagt ist,
wechseln Älpler die Tonart.
Ihre Lieder schicken
sie jetzt talwärts.

Unter wolkenschwerem Himmel
behalten nur noch Silberdisteln
die Leuchtkraft.

*Romano Cuonz (*1945)*

WORTE

Worte, von Menschen oft schnell gesprochen
Worte, die oft nicht gewählt
Machen Menschen so betroffen
so dass sie's in der Seele quält
betroffen hört man jedes Wort
weiß nicht wie soll man reagieren
da jedes Wort in Einem bohrt
die Ruhe droht sich zu verlieren
man sprach selbst nicht mal einen Satz
noch denkt man sich, es darf nicht sein
es macht die Wut sich ihren Platz
doch wollt man eigentlich nicht schrein
nun obendrein noch angeklagt
noch tiefer als vorher getroffen
so wird durch Worte man geplagt
von Worten oft zu schnell gesprochen
von Worten die auch Wort gebrochen
verloren ist so jedes Hoffen.

Lothar Curth

Winterwende – Zeitenkreise

Grau und neblig hüllen die Berge
sich in schneeiges Schweigen.
Doch bald schon schicken sie in eisige Schluchten
ihre weißen Winterboten langsam tauend vorweg
und opfern klammgekerkerte Lawinen
für berauscht hinabstürzende Gischtkaskaden,
welche, friedvoll gewandelt in mäanderndes Blau,
nährend die endlich frühlingserwachten
    Wiesen und Felder zieren.

Und anderswann, nach den buntwarmen Jahreszeiten
und des Wassers langem Gang in Bach- und
    Flussgewand,
wenn die Winternebel anderswo sich als zarter
    Schleier
über Moore, Deiche, das schlafend' Land ausbreiten,
selbst das Meer in noch tiefere, stillere
    Einsamkeit tauchen
und die Menschen dort in reetgedeckten
    Hallighäusern
sich erinnernd die Geschichten längst
    vergangn'ner Tage künden,
dann ist die Jahreswende nicht mehr weit,
wo sich, wieder an schneeiges Schweigen knüpfend,
ein neuer Zeitenkreis hoffend seinen Anfang
    sucht.

*Frank Czerner (*1967)*

Abschied

Der alte Mann, er schaut und sinnt
hinterm Fenster auf Platz und Straße herunter.
Es dunkelt schon und die Zeit verrinnt,
die Erinnerungen halten den Alten munter.

Tanzende Schemen, längst schon verblichen,
wollen in seiner Nähe sein.
Sein Gedächtnis hatte sie längst schon gestrichen,
begehren nun Einlass zu ihm herein.

Er kennt die Schatten aus Kindertagen,
als sie noch fröhlich und unbeschwert
im Wasser und auf der Wiese lagen,
da hatte alles noch seinen Wert.

Die Schule, die Jugend, die erste Liebe,
wie fern sie doch liegt, die schöne Zeit.
Sie wuchsen zu Männern im Lebensgetriebe
und waren dann auch zum Abschied bereit.

Unterdessen auf der Straße das Leben pulsiert
von geplagten Leuten mit Sorgen,
spürt er, wie sich sein Leben verliert
und fühlt sich zugleich geborgen.

Ein leichter Seufzer, es schwindet die Kraft
und er horcht hinein in die Stille.
Das Leben, der Weg, es ist geschafft,
und er flüstert: „So geschehe Dein Wille!"

*Dieter Dahle (*1934)*

Calcutta

Die indische Nacht ist dunkel und schwer
von Gerüchen geschwängert.
Ein ermattetes Kind wimmert mit winzigen
Lauten um Reis.
Die gebrochene Stimme der hilflosen Mutter
klagt im eintönigen Rhythmus
der gütigen Gottheit ihr Leid.
Eine dumpfe Sirene von Schiffen am Hoogly
brüllt über schwüle Gassen den Abschied.
Moskitos schwirren im hungrigen Sing-Sang
rund um mein schützendes Netz.

Hände, braune knochige Hände von Aussatz
zerfressen,
blinde verdrehte Augen in Krankheit erstarrt,
Bäuche von bettelnden Kindern, durch
Hunger gebläht,
farblose Fetzen mit Blut und Eiter beschmiert,
wirbeln zerbrochen in kühlen, geschlossenen
Räumen.

Der Rhythmus des bittenden Liedes
bleibt immer der gleiche.
Das Kind wimmert leiser und leiser…

*Waltraud Das (*1940)*

Sehnsucht nach Leben

Sag siehst du mich noch,
denn ich bin dabei zu verschwinden
Halt mich fest, damit ich spüre,
dass ich noch da bin,
dass ich noch am Leben bin.

Ich verlasse meinen Körper
und bin nicht mehr erreichbar
auch nicht für dich.
Deswegen halt mich fest
und lass nicht los,
damit ich hierbleiben kann.

Ich bin nicht mehr am Boden
sondern schwebe zwischen Himmel und Erde,
zwischen Leben und Tod.
Sag mir, auf welcher Seite finde ich das Leben?

Elisabeth Denner

Grubenlippen

Weit hinter dem Glück,
da hoben sie eine Grube aus;
wo Schmerz, wo Lippen,
suchend,
ahndend Kreise laufen,

wohin Sonnen sich zwangen,
der Schuld entgegenstießen.

Tief unten trafen Fingerspitzen
herzlos, ungeregt aufeinander.

Figuren der letzten Farbe
trafen auf Lippen,
die wir suchten,

Schmerzenswahn

der zweiten
ewig letzteren Gestallt,

den Alptraum
die Grube auszuheben,
dort hinter dem Glück,
wo der Zweifel lauert…

Martin A. C. Dieker

Erinnerung

Schon wieder zieht Erinnerung
in Ruhe ihre Kreise
und ich in dem Verlangen dann
Vergangenheit durchreise.

Wie oft verbleibe ich
auf dieser stillen Reise
und will in die Vergänglichkeit
mit diesen Träumen kreisen.

Auf eine eigne Weise
könnt' ich das alles lassen sein
und eine ganze Weile
Persönliches gewöhnlich sein.

So ist nach einer Weile
Gewöhnliches Persönlichkeit
und auf diese Weise
läßt sich die Welt erträglich sein.

Andreas Dirksen

Eine Hymne/Ode an das Leben
Der Löwenzahn

Ich umfasse
den verblühten
Löwenzahnstiel,
zieh' ihn heraus
aus der Erde
und ich puste
an der Dolde
bis der Samen
an dem Fallschirm
über mir fliegt
in die Ferne
zur Regierung
der USA,
die den Krieg
jahrzehntelang
wegen der Macht
des Oels am Golf
über die Welt
mit Gewalt will
und Schicksal spielt
und ich hoffe,
dass mein Samen
grenzenlos fällt
auf die Erde,
in die Herzen
und erinnert
an die Schönheit
des Planeten,
den zu lieben
unser Recht ist.

Yvonne Dollinger

In den letzten Tagen

In den jetzigen Tagen,
geht's bald schon um Kopf und Kragen.
Terror, Lieblosigkeit, der Bankrott des Staates,
ratlose Politiker und die wachsende
    Zukunfstangst
lassen verzagen.
Doch einer ist fähig alle Lasten zu tragen.
Gottes Liebe will vergeben
und lädt ein zum ewigen Leben!
In den jetzigen Tagen gilt es Neues zu wagen.
Einer ist so gütig nicht nach der Vergangenheit
    zu fragen.
Gottes Liebe lädt ein zu ewigem Wohlbehagen!
In den letzten Tagen geht's um mehr als Kopf
    und Kragen!
Darum empfehle ich dringend nach Gottes
    Liebe zu fragen,
denn schnell ist's dahin und wer kann's
    ertragen?
Und wenn auch die Welt in Kürze zerbricht,
so sagt Jesus Christus fürchte dich nicht!
Die Welt ist gerichtet von Anbeginn schon,
doch Gnade über Gnade fließt aus
von Gottes – des Vaters Thron.
Gerettet, geborgen und sicher in Ewigkeit bist
    du bei mir,
dem Sohn.

*Stefan Donges (*1964)*

KNOCK OUT

Schwergewicht auf Leichtgewicht
Treffer
Die Hand an der Stirn
Keuchend
Strauchelnd
Abgehoben
Temporär die Erde verlassend
und
den Hirnwindungen Ade sagend
Ein Rennen in der Nacht
mit Himmelsakrobatik
Im Morgengrauen nur Sieger:
Im Schweiße unseres Angesichts

*Kerstin Eberhard (*1965)*

Versäumnis?

Habe ich wieder versäumt
verpasst
vertan?
weil es wieder Herbst wird
weil die Dunkelheit schneller kommt
weil das Jahr sich neigt
stirbt?

Habe ich nicht geachtet
gesehen
geliebt?
was lebt – wächst – blüht?

Habe ich das Leben versäumt?
Habe ich darum Angst vorm Sterben?
Weil es wieder Herbst wird?

Lilli Eden

Jahreszeiten

Sie wird nicht müde, sie gibt nicht auf
Durch Zeit, durch Raum, in ihrem Lauf
Dreht sich, neigt sich, rast auf einer Bahn
Die Sonne sie in Schutze nahm

So schenkt die Erde Jahreszeiten
Tiere springen, Menschen schreiten
Die Erde, unser Lebensraum
Hier erfüllt sich zärtlich' Traum

Knospen treiben, Gräser sprießen
Bäume blühen, manche niesen
Ähre sich im Wind verneigt
Sturm sodann den Herbst anzeigt

Frost die Bäume kalt entkleidet
Traube weinend in der Kelter leidet
Deckt der Schnee die Landschaft zu
Steht im Biostall die schöne Kuh

O mög' die Erde stetig schuften
Jahreszeiten schenken weiterhin
Damit die Blumen immer duften
Und ich stets lebendig bin.

Franz Eigner

Aus Feuer Tränen

Auf stählernen Schwingen,
getragen voll blindem Hass und Zerstörung
nahet unausweichlich das Unheil heran
und schneidet wie eine silberne Sichel
der Menschheit eine blutige Bahn.
Zurück bleiben unsagbare Trauer und
    Schmerz,
getroffen wurde eine große Nation
in ihr stolz pochendes Herz.
So griff das grausame Schicksal zu,
mit eiskalter Hand
und ein Schleier der Ohnmacht legte sich
über dieses verwundete Land.
Ein Teufel hat sich dies erdacht
und der Himmel weint aus Feuer Tränen
in die unendlich tiefe Nacht.

*Peter Einbock (*1955)*

Die Sternennacht

Die Sterne leuchten in der Nacht,
am Himmel eine Zauberpracht.
Und wenn dann noch der Mond so scheint,
umringt von Wolken groß und klein.

Ein schönes Bild sieht man zur Zeit
am Himmel oben weit und breit.
Die schönsten Bilder sieht man dann,
am Horizont beim Mondaufgang.

Sie wechseln sich so ständig ab,
so geht es durch die ganze Nacht

Sie sollten es auch einmal sehen,
so eine Sternennacht ist wunderschön.

*Günter Ellerbusch (*1933)*

TUGEND

Wie er seine Tugend
Verlacht
– Er hat wenig
Darüber nachgedacht. –
Dann stirbt seine
Seele unter –
In Schein und Wahn
Und nur das
Stärkste
Seine Seele
Retten kann.

*Mathilde Maria Elzenbaumer (*1963)*

Vorsicht

Wenn ich wüsste, dass es ein
zweites, drittes Leben gäbe,
würde ich leichtsinnig sein,
Dinge nicht beachten,
vorbeigehen ...

Ich weiß es nicht,
hoffe auf viele Leben,
bin trotzdem vorsichtig:
Lebe dieses Leben,
wie vorgegeben.

Astrid Eschner

Tiefes Tal

Oh tiefes, schwarzes Tal! – Du hältst mich
wieder mal gefangen
Fernab von Freud, nur nah der Qual – lehrst
du mich streng das Bangen
Oh tiefes, schwarzes Tal! – Fast wär ich in dir
ertrunken
Auf deinem steinharten Areal – bin ich, als
wär's Moor, gesunken
Oh tiefes, schwarzes Tal! – Frisst alles, alles auf
mit deiner Dunkelheit
Helle Schatten, froher Schall – wird dein für
ew'ge Ewigkeit
Oh tiefes, schwarzes Tal! – Du legst mich
schmerzlich in Deine Ketten
Willst, dass ich noch tiefer fall - und gewährst
nicht, mich zu retten
Oh tiefes, schwarzes Tal! – Du trachtest so
nach meinem Leben
Und schon beinah war's mir egal – und fast
hätt ich's dir gegeben
Oh tiefes, schwarzes Tal! – Irgendwann werde
ich dich bezwingen
Steh dann im Licht, im Sonnenstrahl – und
werde fröhlich singen

Oh tiefes, schwarzes Tal! – Noch ist Hoffen in
mir drin
Auf ein Ende aller Müh und Qual – auf dass
auch ich mal glücklich bin.
Oh tiefes, schwarzes Tal! – Und schaff ich's
nie, von dir wegzukommen
So bin ich dein für alle Mal! – Dann hat die
Dunkelheit gewonnen

*jeanne été (*1959)*

An Orpheus

Deine Leier erstrahlt:
unzählige Sternenaugen am Himmel,
die suchend sich sehnen
nach ihr,
nach Eurydike.
Augen und Blicke nach vorn,
nur nie mehr zurück.
Augenblicke verloren
mit ihr
in der Not der Erwartung,
in der List des Zweifels,
wo die Schatten das Licht schon berühren.

Oft ist sie von Nutzen,
dort war sie es nicht:
die Rück-Sicht.

O Orpheus, wo blieb deine Vor-Sicht?

*Margarete Fackler (*1954)*

Winterreigen

Die Nebelschwaden der Morgendämmerung
schlüpfen in ihr diesiges Licht
aus den Winkeln, Kanten und Ecken der Erde
kriecht das mooslichtende Getier
versteckt sich an seinem moosduftenden Platz
mit leuchtenden Augen
in Wald, Wiese und Heide
die Vögel auf der Weide
putzen ihr Gefieder aus Seide
zu einem glitzernden Kleide
sich lösend aus dem blickenden Neide,
aus den Balken, Latten, Ästen und Zweigen
sich aufschwingend aus dem trüben Licht des
    Morgens
hineinfliegend in die Sonne des Südens
mit ihrem wartenden Schweigen.

*Angelika Fay (*1955)*

Ein Blick

aus tiefen schweren schwarzverhangnen
    Wolken
hinterm Himmel
weit
entfernt von allem was sonst blickt
ein Edelstein
funkelt
fragend
zweifelnd
schauend
insgeheim
aus Lidern die wie Schatten hinter Wolken
    liegen
Sie wollen alle Ewigkeit
ins Schwärmen und Sich-Fragen hängen
und lassen doch
Den Blick
für immer stehen.

Isolde Feiler

Ohne Abschied gegangen

Lautlos die Blätter fliegen und zertreten am Boden liegen.
Die gelben Blätter sind gestorben, es ist Herbst geworden.
Die Kerzen noch brennen, und nie wollen wir uns trennen.
Zarte Musik klingt, was wohl der flammende Himmel bringt?
Du bist nicht mehr nach Hause gekommen, ich bin ganz benommen.
Ohne Abschied gegangen, dabei hast am Leben gehangen.
Die Trauer tief im Herzen, dein Tod erfüllt mich mit Schmerzen.
Du bist zu früh verblüht, zurück bleibt ein verwirrtes Gemüt.
Vorbei die seligen Jahre sind, nie mehr singt der gleiche Wind.
Dein Platz neben mir ist leer, und ich ertrinke im Tränenmeer.
In mancher Nacht erwach ich, ständig denk ich nur an dich.
Am Tage mich Zweifel quält, und das Leid der Zeit mich lähmt.

Erinnerungen steigen auf, nie versteh ich des
Lebens Lauf.
Hab dich nicht mehr gefunden, geblieben sind
die Wunden.
In der Einsamkeit bin gefangen, mein Frohsinn
ist vergangen.
Mein Leben ohne Ziel und Sinn, bin nicht
mehr der ich war und bin.

*Fred Feitknecht (*1929)*

Türen

Eine Tür ist unsichtbar
Sichtbare Wege
sind auch
ohne dies Durchschreiten hinterlassen
Türen: geöffnet geschlossen
        alt morsch
        neu
Heilige Pforte
über steinige Pfade
führst du sie zu begehn
Stufen
Hinter jeder Tür
wartend ein Geheimnis
gefaltet im Verborgenen
ßlautürkisgebärbte Ahnung von Wegen
auf denen schon Farbige schreiten
Die schwarzweiß gefärbte Welt
wird wieder bunt
schreit ich durch diese Tür
Öffnet eure Tore
als Pforte in eine bessre Welt.

Christine Fellner

London

In alle fernen
Gewänder gehüllt,
nackt nur
der gepiercte
Nabel.
Wie grauer
Zementstaub
über müde Gesichter
gestreut,
dass niemand
den anderen kennt
und keine geschmückte Fassade
einbricht
ohne den Profit
abzuwerfen.

*Marianne Figl (*1946)*

11. September

Tag des Grauens,
der das Unfassbare hat werden lassen.
Moment des Unwirklichen in der Welt,
Utopie in den Köpfen,
Entsetzen, Angst, Ohnmacht.

Zerstört, die Hoffnung von Freiheit,
Ziel allen Seins.
Amerika, Symbol der Stärke,
des Schutzes, der Macht,
zersprungen, verletzt deine Würde,
du Zuflucht in der Welt.

Erschüttert im Glauben, die Menschheit,
wo der Mensch als Waffe benutzt,
fanatischem Glauben geopfert,
als höchstes Gut, das Leben verachtend.

Tag der Erkenntnis, der bitteren Wahrheit,
Offenbarer des Hasses, des Todes, der Furcht,
der dunklen Menschennatur.
Zerstörer der letzten Bastion.

*Rosemarie Flick (*1957)*

der lenkdrachen

wie ein hund, der in die leine beißt,
scheinst du mir mit deinem tanzen,
wie du rückwärts stemmend ruckelnd reißt
und das kind mit seinen ganzen
schwächen als vertrauten gegner weißt

wütender lustiger himmelstanz
stürzend und steigend im bogen

wie das kind sich in die leinen hängt,
fest mit durchgedrückten beinen
schräg gestemmt den bunten drachen lenkt,
will mir wie ein bildnis scheinen,
das sich heiter dem gedächtnis schenkt

manchmal seh ich ahnend, wie der wind
heimlich döst, dann ist es lauern –
doch das kind sich dieser list besinnt,
denn der tanz muss ewig dauern,
schnell ein ruck, das spiel von neu beginnt

springender jubelnder kindertanz
ziehend und zerrend gezogen

Oliver v. Flotow

Es sind die Jahreszeiten, die dich begleiten

Der Wechsel macht das Leben rund
Der Baum dort, steht am selben Ort,
ist einmal kahl und einmal bunt
Lerne beizeiten von den Jahreszeiten!
Der Himmel ist dir grau, dann heiter
Der Wind dort bläst die Blätter fort
Das Grüne friert, blüht nicht mehr weiter
Lerne beizeiten von den Jahreszeiten!
Endlich sprießen Knospen wieder
Zarte Wärme dort nimmt die Kälte fort
Und belebt die Natur mit Blumen und Flieder
Lerne beizeiten von den Jahreszeiten!
Wie Tod zu neuem Leben führt
Und Wärme alles Leben bringt,
so dass die Seele singt dem Herrn,
der jedes Herz berührt.
So wirst du in allen Ewigkeiten auf
Paradieshainen
Und an frischem Wasser rein, ewig und immer
glücklich sein.

*Renate Fournier (*1953)*

Im Zwiegespräch mit dem Meer

Über dem Wasser
schwebt die Kraft des Unfassbaren,
seit unbekannten Zeiten der Schöpfung
liebkost der Wellenschlag
die Engelflügel der Muschel.

Das Weinen aller Zeiten
zieht Spuren im Sand,
in den Steinen treten
Schmerzfossilien hervor.

Die ausgedehnte Zeit des Meeres
spürt mein Finger
beim Streicheln der rau-glatten
Oberfläche der Muschel.

Auf den Flügeln des Schmetterlings
sitzt die filigrane Zeit,
als Staub
halte ich sie fest.

Segne meinen Atemzug,
leuchte hell über meine begrenzte Zeit,
möge das Wasser mich emporheben!

*Irene Frandsen-Roeger (*1956)*

Erquickung

Still nach innen lauschend
tiefe Schluchten sehn,
drin die Flüsse rauschend
hin zum Meere gehn.

Sich ins Dunkel neigen
wo Musik erklingt,
zum Strom hinuntersteigen,
dessen Wasser singt.

Auf dem Grunde baden,
schöpfen jenen Klang.
Mit Gesang beladen
nach dem dunklen Gang

in die Sonne treten –
und in Dankbarkeit
mit Jauchzen, Singen, Beten
begießen unsere Zeit.

*Paulina Frick (*1934)*

Tage, an denen

Tage, an denen
ein Wort sich mit Leben füllt
schlapp hängende Hülse
mit Sinn erigiert
Worte
gerade noch trockene Buchstabenhaufen
zusammengefügt
saftig
wie lebendes Fleisch und Blut
Gestalt gewinnen
Kapillare sich öffnen
in denen
Bedeutung hochsteigt

*Nandi Friedel (*1946)*

Ewig heilige Musik

Ich, der stille Geigenlehrer erlebe
den großen Glauben an das Leben
Glaube ist Liebe,
sich ewig lebendig erneuernd
in der ewig heiligen Musik
Meine Geigenschülerinnen sind Geigenengel
und wachsen über mich hinaus
Ich lebe weiter in Ihnen
und fürchte den Tod nicht mehr
Gehe aus Dir heraus,
spiele mit Deinem ewigen Großgefühl!
Die Klangfülle Deiner Geige,
die Atemdichte Deines Bogens,
sie sind Dein liebendes Gemüthe!
Die Einheit von Mensch, Geist und Herz
sei vollendetes Künstlerthum,
sei wie die heilige Dreifaltigkeit!
Wenn Du als Konzertmeisterin
In einem Symphonieorchester spielen wirst,
die großen Musikwerke der Ewigkeit:
dann lasse es mich wissen
Ich werde kommen, zum Symphoniekonzert,
in die großen musikheiligen
Konzertsaalkirchen dieser schönen Welt
Um Dich zu hören und spielen zu sehen
und um zu spüren und zu fühlen
wie ich in Dir weiterlebe

*Thomas Fuchs (*1962)*

Lombardischer Herbst

Boote sich ans Ufer schmiegen,
Glocken klagen karg vom Turm,
schweigen vor dem ersten Sturm.
Schwalben gegen Süden fliegen.

Welkes Laub löst sich vom Baum,
Reif gefriert auf starren Halmen,
fröstelnd zittern Blumen, Palmen,
Schnee bekränzt den Bergessaum.

Seidig milder Sonnenschein
zügelt eisig raue Schauer.
An der samten warmen Mauer
Efeu rankt und wilder Wein.

*Karl Füssl (*1946 †2006)*

Ein Engel ohne Flügel

Eines Abends, ich war ganz allein,
stellte ich mir vor wie es wäre, ein Engel zu sein.

Hätte ich Flügel und ein weißes Gewand?
Oder eine Harfe mit goldenen Fäden bespannt?

Es müsste doch schön sein, durch die Nacht zu
schweben,
um als Engel den Menschen Mut zu geben.

Ganz im Verborgenen, mit himmlischer Magie,
würde ich Bedürftigen helfen und wäre ein
Genie.

Doch dann durchbrach ein Gedanke meine
Träumerei:
Wie ein Engel wohl aussieht ist doch einerlei!

Man braucht keine Flügel, um Mut zu geben,
und himmlische Magie gibt es nicht im wahren
Leben.

Ein bisschen Menschlichkeit, Frohsinn und im
Herzen Sonnenschein,
das müsste doch reichen, um auch ohne Flügel
ein Engel zu sein.

*Melanie Galinski (*1974)*

Beas Atem

in den abgetrennten Stunden
die verstreichen wartet Bea
sie murmelt das Laster
und sie beherrscht den Rhythmus
(auch den der Stimme)
sie spricht auch die Sprache
perfekt mit abgebrochenem Schneidezahn
–jede Nacht
ersetzt sie das fehlende Stück
mit dem zerkauten Schlauch
zwischen den Lippen
wo unsere umherirrenden Schimären
das embryonale Zuhause finden–
inmitten bloßer Götterdämmerung
betret ich die finale Szenerie

*Siegfried Gasparaitis (*1965)*

Fünf Haiku für die Liebe

Schöner, kleiner Tag,
an dem die Mitte da ist
... genieße Fragen

Geschichte lieben,
denn wir werden Geschichte
von Stille erzählt

Lebenbezaubert
Im Wind liegt Rosenliebe
Freude am Kleinen

Du bist nicht allein
Dort, worüber niemand spricht,
was alle meinen ...

Wir sind verbunden
Weit wie Sonnenlicht und Wind
Warum sind wir hier?

Reinhard Gelbhaar

Jahreszeiten

Ganz leise, still und über Nacht,
ist die Natur für uns erwacht,
und hat mit schönster Blütenpracht,
den lieben Frühling uns gebracht.

Durch die grünen Wälder streifen,
baden im Meer und in den Seen.
Tausende von Früchten reifen.
Die Sommerzeit ist wunderschön.

Bunte Blätter stellen Fragen!
Wer hat sich so was ausgedacht?
Und die Sonnenstrahlen sagen,
das hat der Meister Herbst gemacht.

Wenn die weißen Flocken schweben,
und Wiesen, Felder eingeschneit,
zieht mit uns auf allen Wegen,
die klirrende kalte Winterzeit.

*Herbert Gellesch (*1934)*

Friedenszuversicht

Im Verborgnen ist zu finden,
was die Welt so sehr ersehnt.
Doch, wer will den Frieden künden,
wird oftmals gar nur verhöhnt.

Darum schon im Kleinen schweigen
viele und lassen geschehen –
trauen sich nicht, es zu zeigen,
was unter Frieden sie verstehen:

Einsicht, Mut und Toleranz,
Rücksicht, Liebe und Vergeben
verleihen uns're Welt den Glanz,
nach dem doch alle wollen streben.

Wenn dieses ehrlich ist gemeint,
sollte jeder schnell beginnen,
in dem jene Sehnsucht keimt,
Frieden in die Welt zu bringen.

Bevor man einen Streit entficht,
sollt' stets das Herz der Liebe denken,
dann besteht die Zuversicht,
dass vieles friedlich sich lässt lenken.

*Ulrike Gerhard (*1969)*

Wo
Atem wohnt unter
Zweigen
spielen Kraniche
dorthin, wo
totgelegene
Träume erfrieren
ziehen Hirten zum
Licht

Ulrike Gerken

Vater unser

Manche erleben sie schon, die Hölle –
Hunger, Krankheit, Mord und Folter,
Verlassen auf dem freien Markt,
Wo einige sich wohl fühlen, so viel haben,
Sie wollen nicht wissen, wie die meisten
leiden.
Welches Reich ist gekommen? Welcher Wille
ist geschehen?
„Um Gottes willen, sind wir dran schuld,
Dass diese Leute täglich sterben?
Das Brot ist alle, sie haben Schulden;
Wir wollen nur ruhig leben können!
Bitte, führe uns nicht in Verschuldung –
Wir haben laut unseren Regeln gehandelt,
Haben uns wohl an der Börse erlöst!"
Braucht man Humor, oder genug Tränen,
Damit man ruhig schlafen kann?
Lachen macht frei, weinen aber kostet,
Und wer nicht mehr weinen kann,
Der hat wohl aufgegeben, Mensch zu sein.

*Paul Gismondi (*1953)*

Sternenaugen

Kosmische Botschaft?
Stumme Unendlichkeit?

Das Herz wallfahrt
Verzagt
Der Verstand fahndet
Versagt
Die Hoffnung tastet
Ermattet

Sternenaugen
Sinnender Sehnsucht
Seliger Balsam

Walter H. Goretzki

DAS EWIGE

tausend Jahre Vergehen
nocheinmal tausend Jahre
ich werde
am Rande der Zeit
auf dich warten
deinen Augenaufschlag
zu erleben
wie deine Wimpern
sich senken und heben
die Strahlen deiner Augen
der Sonne gleich
deine Hände
so zärtlich und weich
dein Atem
ein Meer voll duftender
Rosen
wie der einer Göttin
setzt alles außer Kraft

*Dietreich Göttel Blattgrün (*1931)*

Mein tiefstes Wort

Mein tiefstes Wort,
du brauchst nur die Lippen ansetzen zu diesem
    Wort
und schon krümmen sich Muskeln in meiner
    Magengegend,
hämmern meine Nervenenden
    schmerzweinende Gefühle
hinauf zu den Augen;

tränendes Herz,
wenn du mein tiefinnerstes Wort sagst,
du brauchst nur die Lippen zu formen,
Atem zu holen und zu sagen

– meine Herztränen hören es schon,
bevor deine Stimme hörbar wird –
zu sagen: ... mutterseelenallein.

*Christel Gottwals (*1956)*

Was ein Gedicht ausmacht

Die Klarheit im Aufbau,
die Wahrheit im Sinn,
die Rarheit der Sprache,
der Zwang der Form,
der Klang der Vokale,
der Rang des Poeten;

die Kürze der Sätze,
die Würze des Geistes,
der Blick auf den Leser,
das Glück beim Verleger,
der Platz im Gedächtnis,
der Schatz im Vermächtnis.

Josef Grafeneder

Lebensgeheimnis

Weg in die Fülle, Linie von Kraft,
fragender Wille, der tastend sich rafft,
zaghaften Schritts ausschreitend rankt
erkennenden Geistes Blattgewand.

Weg von mir zu mir immer tiefer,
Weite unsichtbaren Raums umreißend,
Wölbung erglänzend in morgendem Hauch,
lohender Neigung entsteigend.

O Wurzel tief, genährt aus klaren Gründen
    treibt aus dem Schacht der Kämpfe
    tonvoller Strahl
und rieseln tauumwohnt Kristalle
aus ungesungenem Lied.

Claudia Grimm

Freundschaft

Freundschaft ist das höchste Gut des Lebens.
Freundschaft gibt es nicht zu kaufen,
sie beginnt mit einer kleinen Tat,
die von Herzen kommt.

Wahre Freunde zu finden,
ist nicht leicht,
doch haben wir sie gefunden,
sind sie ein Teil unseres Lebens.

Freunde,
die wir brauchen und für die wir da sind,
in schweren Zeiten.
Freunde,
die uns glücklich machen,
und mit uns das Glück teilen.

Freundschaft besteht aus Geben und Nehmen,
aus Gefühlen vom Herzen
und Momenten,
die unser Leben ständig bereichern.

Freunde sind mehr wert als Geld,
sie gibt es nicht zu kaufen und
sie sind das höchste Gut des Lebens.

*Derya Gün (*1982)*

Der 11. September

Unfaßbar
Erschrecken
Erstarren
Fragen über Fragen
Terror.

Terror-Mißbrauch
Kriege fließen
wie das Öl.
Der dreißigjährige Krieg – verkürzt durch
das Atomzeitalter.

Achse des Bösen durch die Ölfelder
spaltet die Menschheit.
Die Guten ins Töpfchen
die Bösen ins Kröpfchen.

Aschenputtel wacht auf
erschrocken
erstarrt.
Sie hätte es nicht einmal im Märchen
geträumt.

*Mahnaz Gürtler (*1948)*

Freundschaft

Menschen, die sich als Freunde sehen,
werden sich grundsätzlich gut verstehen.
Eine Freundschaft hat viele Gesichter und Seiten,
sie existiert in ihrer Vielfalt und Art in allen Breiten.
Die Einen wünschen sich viel Nähe und Vertrauen,
um mit Enge und Details eine Bindung aufzubauen.
Hier sieht man sich oft, legt sich offen dar –
Man kennt sich genau, es gibt keine Gefahr.
Andere richten Freundschaft aus nach ihrer Zeit,
liegt sonst nichts an, ist man gerne dazu bereit.
Hier trifft man sich spontan halt dann und wann,
damit man sich über den Ist-Stand informieren kann.
Einige führen Freundschaft auf Ferne und Distanz,
man sieht sich kaum, es gibt wenig Resonanz.
Hier schreibt man oft E-Mails, SMS oder Briefe,
man hat zwar Freunde, – aber eben ohne Tiefe.
Auserwählte leben eine Verbindung auf ewige Zeiten,
man schätzt Vertrautheit und auch Streitigkeiten.
Hier genießt man das Miteinander in vollen Zügen,
man kann sich füreinander freuen, Dasein und
auch fügen.
Egal welchen Weg von Freundschaft man geht,
es ist wichtig, dass man zum Anderen steht.
Denn nicht jedem ist dieses Glück beschieden,
drum danke dem Anderen und sei zufrieden.

Dank meinen Freunden

*Vera Gutmann (*1972)*

Gemeinsam durch die Nacht

Wer eilt des Nachts durch den finsteren,
dunklen Wald,
bei Schnee und Kälte, wenn es ist auch noch so kalt?
Du hast recht, mein liebes, gutes Kind,
doch hör nur, wie der Wind wieder ein Lied
von ihm singt!

Das Lied handelt von einem guten, alten,
weisen Mann,
wie man ihn nicht oft hier auf Erden finden kann,
von einem Mann, der viel Leid sah in seinem
Leben,
der immer bereit war, anderen Menschen Hilfe
zu geben.

Warum nur, willst du mich fragen, ist er dazu bereit
in einer Welt der Kälte und herzloser
Unmenschlichkeit?
Vielleicht, weil er war wie du ein zerbrechlich
Menschenkind,
ein Kind, das erfahren hatte, was Elend und
Not wirklich sind.

Siehst du in der Ferne die Stadt mit ihren
vielen kleinen Gassen,
hörst du der Menschen Angst, die sie in stille
Worte fassen?
Ja, mein liebes, gutes Kind, auch davon singt
uns täglich der Wind,
es liegt an uns Menschen, ob wir bereit zu
hören und zu sehen sind.

Arno Häcker

Verborgen

Tränender Tau ist
der Dank der Nacht
an die Mühen des Tages,
der hunderte von Knospen
gebar.

*Heike Haltenhoff (*1964)*

Jahreszeiten sind wie Kostbarkeiten

Jahreszeiten sind wie Kostbarkeiten,
die uns ein Leben lang begleiten.
Vielleicht die schönste von allen,
möchte uns gleich im März gefallen.
Ein Fest für die Sinne hat das Frühjahr geplant
und täglich sind wir auf neues gespannt.
Der Sommer schon ungeduldig wartet,
bis er im Juli hitzig startet.
Sternklare Nächte bei prickelndem Sekt,
da kommt man ins Staunen, wer sich jetzt alles
neckt.
Hormone tanzen ihren schönsten Reigen,
am liebsten möchte man sich vor der Liebe
verneigen.
Im September deuten erste Nebel an,
der Herbst zieht uns nun in seinen Bann.
Verlockend wird es wieder am Kamin,
nach Besinnlichkeit steht uns der Sinn.
Fast unbemerkt und über Nacht,
schenkt uns der Winter unschuldig weiße Pracht.
Friedlicher Zauber liegt über dem Land,
wie Damals, als man das himmlische Kind in
der Krippe fand.

Evelyn Hämmerle

Spuren

Flüchtige Schrift,
Wegemarken
der Jahre.

Fast überwachsen
in der Flur
des Lebens.

Trittnarben
des Woher
und Wohin.

*Walter Hampele (*1928)*

Schneegestöber

Schnee auf Zäunen, Pappelbäumen.
Büschel, Bällchen, eiskristallne Säume,
Watte liegt auf Tannenzweigen,
Flaum auf Ziegeldächerneigen.

Winterflockenschneegewirbel,
feuchtes, wirres Windgezwirbel
sitzt auf schwarzen Rabenschwingen,
ist verstrickt in Bärten,
füllt die Lücken zwischen nassen
Pflastersteinen,
kräuselt sich an Hausfassaden,
zieht in Schwaden über rote Dachgesimse,
hüllt die Buchsbaumhecken ein
und treibt mit den Regenschirmen
seinen stillen Schabernack.

Alles wirbelt durcheinander,
das, was oben, sinkt nach unten,
rechts zu links, und unbeschwert
wird die ganze Welt verkehrt.

Wirble, zwirble, Flockenwind,
blase unbekümmert weiter, bis alle
weißbepudert sind.

Elisabeth Hartmann

Fazit

Das letzte Viertel ist ein erfülltes Leben,
ich tue Dinge, die ich vorher nicht tat.
Fähigkeiten waren vorhanden als Saat,
doch jetzt erst kann ich ihnen die Reife geben.

Der Tod ist mehrmals an mich
herangekommen,
aber letztendlich wollte er mich noch nicht.
Bei kleiner Flamme ließ er brennen mein
Licht,
und ich hab' es dankbar wieder angenommen.

So genieße ich die kürzer werdenden Tage.
Nach dem Sinn des Lebens forsche ich nicht
mehr
und setze mich dagegen auch nicht zur Wehr.
Nur – wie ich sterbe, bleibt die offene Frage.

Hildrun Hauthal-Stegner

Das Lachen der Nacht

Wie ein Weberknecht kommt die Nacht –
auf langen Spinnenbeinen.
Wenn die Farben des Tages verglühen,
will ich nicht alleine bleiben.
Weiß um meine Not.

Wer war ich einst,
wer bin ich jetzt?
Warum aus sattem Blau
hinein ins grelle Licht gehetzt?
Verächtlich lacht die Nacht.

Das Neonlicht zeigt nur Schminke –
nicht wer wir wirklich sind.
Die, die am Tag nicht starben,
warten auf das Ende aller Farben.
Schwarz ist der Tod.

*Jürgen Hayer (*1957)*

Chinesischer Tee

Zum Tee erhoben wir die Tassen,
die aus der Dynastie der Ming.
Des Drachenmusters dunklen Ring
– gebändigt unter deinem Blick –
bestauntest du furchtlos gelassen,
weil keine Macht mehr an ihm hing.

Da ahnte ich, dass mein Geschick,
geführt auf vorbestimmter Bahn,
ganz deinem Schicksal zugetan,
durch Völker schon und viele Rassen,
durch Stern- und Erdenkreise ging.
Durchsichtig ward das Porzellan.

Peter Heimann

Schlafender Engel

Unsere Seelen
gleichen
dem schlafenden Engel.

Noch unbewusst
in sanftem Schlummer
von seligem Traum
umfangen,
schlafen wir dem Tag entgegen,
wo Morgendämmerung uns weckt,
zu erwachen
zu göttlichem Bilde,
dem Engel gleichend,
der zum Aufbruch mahnt
in unsere Heimat,
folgend dem ewigen Ruf:

Wo bist du?

Dagmar Hein

Frühlingserwachen

Wenn überall Natur im Werden
aus aufgesparten Samen bricht,
die sich, gebettet in den Erden,
nun öffnen auf dem Weg ans Licht;

wenn strahlend auf den Sonnenhängen
in Gold Adonisröschen blüh'n
und Veilchen sich in Kissen drängen,
gesäumt vom ersten satten Grün;

wenn in den aufgewachten Wiesen
verschwenderisch der Löwenzahn
und Gänseblümchen munter sprießen,
sich wendend nach der Sonne Bahn;

wenn Pollen auf den Winden schweben,
den Blütenbäumen leicht entfloh'n,
die Himmel sich nach oben heben
in lang ersehnter Dimension;

dann ist dies Werden und Beginnen
voll wunderbarer Energien.
So spür auch du in dir tief drinnen
den Aufbruch. Zag nicht – wage ihn!

Karin Heinrich

Warten

Ruhe kehrt ein in meinen Geist,
Friede umhüllt den Ort des Seins.
Das sanfte Licht der Kerzen
erinnert an die wundervolle Zeit.
Dein Gesicht vom Schein erhellt,
so zart umsponnen, lässt mich
die Wonnen der Zärtlichkeiten spüren.
Das Herz ist warm – die Erinnerungen
sind Freude und Schmerz zugleich.
Mein Fühlen macht mich offen,
lässt mich die Liebe erkennen.
Und doch prüft Ungeduld meine Reife
nach der langen, tränenreichen Zeit.
Ich will es erwarten von dir zu hören:
„Komm, ich hab' dich lieb!
Ich will, dass du bei mir bist,
will dich fühlen, spüren, riechen,
schmecken, eins mit dir sein."

Ich werde auf die Hand warten,
auf die vertraute, zärtliche Geste.

*Herlinde Herkenrath-Weber (*1959)*

Frühlingserwachen

Ein sanfter, warmer Wind zieht übers Land.
Die noch frostige Erde atmet auf.
Alles Leben in ihr wartet ungeduldig.
Das Eis auf den Wassern bricht.
Noch ist Stille, doch die ersten Blumen recken
    sich
aus der kalten Umarmung des Winters.
Jubelnde Vogelstimmen künden den Frühling
mit herrlichem Frühkonzert.
Sonne und Regen über Wald und Fluren
bringen ein sanftes Grün auf die Wiesen und
    Auen.
Alle Bächlein sammeln das Wasser.
Ein Wetteifer der Natur zaubert tausendfältige
    Blüten und Knospen.
Zarte Schmetterlinge tanzen an den ersten
    sonnigen Plätzen.
Der Mensch, Krönung der Schöpfung, blüht
    auf und wird glücklich.

*Anni Herman (*1935)*

Straßengeschichte

Langgezogen ist die Straße,
gerade frisch mit Asphalt bezogen
überm alten Pflaster,
welches einst gelegt,
über einen kiesig Weg,
unter dem ein Trampelpfad.
Und gräbst du noch was tiefer,
wird's noch hyroglypher,
schon fast steinzeitschwer.
Die Richtung dieser Straße aber
ging schon immer vom Gebirge
zu dem endlos weiten Meer.

Bernd Herrde

Der kleine Fluss er schlängelt sich
Friedlich durch das Tal,
als wäre ihm das,
was geschah egal.

Im frühen Morgenrot,
zeigt des Wassers Farbe,
als Mahnung helles Rot.

Denn was seit Jahrhunderten geschah,
ist doch nicht möglich,
und dennoch ist es wahr.

Es tobte eine große Schlacht,
und hat die Farbe des Flusses,
Blutrot gemacht.

Bernd Herrmann

UN-BESIEGT

Mit meinen Worten singe ich ein Lied
das sich der Amsel an die Federn passte,
und dort wie eine wortgefasste
Nachtmusik, das Laute in den Tagen mied.
Sie trug es leicht, wie einen Kleidersaum
mit sich, als ungesung'ne Melodie;
und ahnungslos verschenkte sie
das Lauschen, jedem überflog'nen Raum.
Doch manchmal löste es sich selbstbefreit
im Flug, und sank in alles Neue;
wo es willkommen war, und ohne Scheue
sich hingab, einer stillgestand'nen Zeit.
Darin erwachte all sein Klingen wieder,
und legte sich wie ein Versprechen hin
und flüsterte mir zu: dass ich es bin;
und jedes Sehnen – unbesiegte Lieder.

Thomas W. Herzog

Vorabend

Das kurze, zarte Flötenlied
der Amsel ist verstummt.
Im violetten Dämmer
schwimmt der Schnee
in einer breiten Kiefer.

Der bestellte Acker
liegt verwaist.
Hier und da und dort
sieht man dunkle Kämme
durch sein jungfräuliches Kleid.

Es keimt die Hoffnung
vor dem ersten Grün.

Rainer Hesse

Verhängnis

Sinkt schon
in Todesnacht
ein Mensch
als Gegner noch
fast Feind
fast Dorn
nur selten gut
dem Nächsten und
sich selbst

stürzt reuelos
urplötzlich
schroff
ganz ohne Sieg
auch ohne
gütige
end-gültige
befreiende
Versöhnung

Neugeburt
wie könnte sie
geschehen –
Beizeiten
im Leben
mit den Euren
befriedet
behütet
Euer Sein

Ilse von Heydwolff

Kinderaugen

Einst hielt ich meiner Mutter Hand
in jenem fernen Land der Kindheit.
Lang ist's her!
Nun geh ich hier am Strand,
allein.

Der warme Sand rieselt unter meinen nackten
Füßen,
und eine Welle spült schmutzig-grünen Tang
und kleine Muscheln an.
Die zarte Form, die feinen, perlmuttfarbenen Rippen!
Nicht eine gleicht der anderen!

Fest umschließ ich sie in meiner Hand,
als könnte ich noch spüren, wie sie voll Leben waren,
die leeren Hüllen.
Ich lausche in die Weite,
höre die Stille prall gefüllter Einsamkeit.

Der Wind kühlt eine Träne,
die mir zu den Lippen rinnt.
Salzig schmeckt sie,
neu
und wie das Meer nach unbekannten,
heimatlichen Welten.

Angelika Heynig

Behutsam

Wie du handelst und empfindest,
denkst du dabei nur an dich,
ob die andern dadurch leiden
und oft zweifeln dann an sich.

Geh' behutsam mit dem Leben
und Gefühl der andern um,
mach' sie glücklich und zufrieden,
mach' sie lieber nicht ganz stumm.

Sigrid Holz-Horst

MIT DIR

Das habe ich nicht geahnt!
Und ich glaubte,
die Liebe
zu kennen.
Doch mit dir
öffnet sich ein Raum,
den wir beide
nie zuvor
erlebt:
weit und frei,
tief und warm,
sanft wie Silberglanz,
stark wie schimmerndes Gold
und einladend
zu himmlischen Gärten
über zarte Rücken
leuchtender Regenbögen ...

Violetta E. Höntsch

Die freudige Überraschung
(01.01.2005)

Es klopft ans Kämmerlein,
wartend, rief sie: „Herein!“,
wird wohl nicht der allzu strenge Vater sein.
„Ach, Du bist's! Komm schnell,
lösch den flackernden Kerzenschein!“

Es raschelt's bunte Kleid.
„Endlich ist's für uns so weit.“
Geöffnet war ihr roter Mund,
am nächsten Morgen erwachte er
strahlend froh gelaunt und kerngesund.

Hörten plötzlich auf der
knarrenden Bodentreppe Schritte.
„Oh, schnell, schnell! Versteck Dich Bitte!“
Ich bin's doch!“, sprach Gritte.
„Gehör doch mit dem Fruhstück in Eure
Mitte!“

*Ralf Hunger (*1956)*

letzter stau lässt ab,
das wasser wird knapp,
letztes öl wird uns gebracht,
mensch kämpft mit schleichendem verdacht,
alle, alle mit waffen bestückt,
so sind es alle und spielen verrückt,
die einst geliebte erfrischende luft,
verbirgt uns einen merkwürdigen duft,
des menschens wille ruft und ruft,
aus jedem klein' ecklein,
wäre das alles doch nur schein,
und wir würden nicht sein,...

*Manuel Jauth (*1985)*

Herbsttraum

Glänzendes Gold
im Herbst verwebt
ein Erntekleid
schwer mit Laub behangen
hell und leicht
wie nie gewesen

Still im Nebel
schlaf ich nun
umhüllt von Silberfäden
tönen leise sie
wie Tropfen
an mein Ohr

*Monica Jordi (*1974)*

Als dich der große Engel holte

nahm er das Gold aus der Sonne Licht,
stieß mich aus der Mitte des Lebens
und spaltete meinen Kern.

Er krallte die Spinne der Angst
um meinen Hals
und vertrieb den Gott des Schlafes
von meinem Kissen.

Als dich der große Engel holte

wischte er die Wärme der Liebe
aus meinem Haus
und zerfetzte meine Seele bis auf den Grund.

Er setzte meine Füße
auf den splintrigen Pfad der Einsamkeit
und warf die nagende Schlange der
Selbstzweifel
in meine Seele.

Als dich der große Engel holte

riss er den Mantel der Zuversicht
von meinen Schultern
und füllte meine Ohren
mit der Kakophonie einer feindlichen Welt.

*Ruth Kainz-Lüghausen (*1943)*

DIE WELT IST MEINE BRILLE

Es war vor einiger Zeit.
Ich will nicht klagen, es war soweit.
Da lief ich wie im Traum,
mit dem Kopf gegen einen Baum.

Ich kam mir vor wie ein anderes Wesen,
denn ich konnte nicht mehr lesen.
Aus diesem Dilemma kam ich nicht raus.
Man warf mich sogar aus einem Geschäft
hinaus.

Da ich das Porzellan schrottreif gemacht,
war auch eine Vitrine auf den Boden gekracht.
Nun stellte ich fest in aller Stille :
„Junge, dir fehlt eine Brille!“

Seitdem hängt sie an meinen Ohren
Und ohne sie bin ich verloren.
Ich trage sie tagaus, tagein,
bei Regen, Schnee und Sonnenschein.

Wenn ich die Zeitung lese oder ein Buch.
Die Brille hilft mir dabei genug.
Selbst wenn ich dichte und dabei lüge,
sie bleibt klar und wird nicht trübe.

Auch beim täglichen Allerlei,
ist die Brille stets dabei.
Sie liegt bequem auf meiner Nase.
Gesäßhusten habe ich und Druck an der Blase.

Das muss die andere Brille ertragen.
Mit tut weh der volle Magen.
Nun wurde es dunkel und ich habe gesessen.
Beim Anbruch der Nacht war alles Vergessen.

Mir geht's wieder gut und alles ist stille.
Die Welt ist und bleibt meine Brille!

Hans-Günter Kalthoff

Ich rede mit dir
Über Licht und Schatten.
Über Blumen und Hochspannungsmasten.
Über Vergehen und Entstehen.
Ich rede mit dir,
über Verstehen und Hoffen.
Über Bangen und Erlangen.
Ich rede mit dir,
über Licht und Schatten.
Über Gestern und Morgen
Und über das Heute,
in dem wir gehen.

*Floriane Kalz (*1974)*

die zärtlichkeit

deine Zärtlichkeit
umfängt mich
wie ein wärmender Mantel

umhüllt

beflügelt die Sinne

zart
bunt
leicht

schmetterlingsgleich

trägt mich höher und höher
und höher...

bis ich verbrenne

unter deiner Zärtlichkeit

*Marion Kamp (*1966)*

Worttod

Wenn Worte verschwimmen
wie Sand auf der Hand,
in keinem Munde mehr erklingen,
dann reißt ein tiefes, starkes Band.

Einst hat es Menschen eng verbunden,
die sich durch Worte nah gefühlt,
doch ist es erst einmal entschwunden,
spür ich wie Worttod mich umspült.

In Schall und Rauch das Wort verpufft,
auf dem Weg von mir zu dir,
versiegt in kalter, schwerer Luft,
keinen Glauben an ein „Wir".

Ich rede, doch du glaubst mir nicht,
die Bedeutung ist verglüht,
wenn der Zweifel Wahrheit bricht
und Unsicherheit versprüht.

Nach und nach kehrt Stille ein,
bringt die Klänge zum Erfrieren,
schweigsam bin ich nun allein,
habe nichts mehr zu verlieren.

*Jennifer Kaplan (*1983)*

Die alten Dichter

Die alten Dichter, wie einst Goethe,
die kannten ihre Sprache gut.
Das Versmaß bracht sie nicht in Nöte,
was es zur Zeit fast immer tut.
Und wer das Maß nicht schreiben kann,
schreibt freie Rhythmen also dann.
Wie viele Wörter sind verschwunden!
Man brüstet sich mit fremdem Müll.
Wie soll die Sprache denn gesunden?
Den Menschen fehlt das Sprachgefühl.
Egal ob's holpert oder nicht,
was hinten reimt, ist ein Gedicht.

Paul Kappler

Nichts ist wie gestern

Nicht vorbereitet auf die Wucht
der Welle, bevor
ich spürte, dass ich die Füße
im Sande verlor.
Die Sonne im Meer, ein gleißender
Hort,
jetzt spülten die Wogen
die Zärtlichkeit fort.
Ein Lied der brausenden Lüfte
Chor,
nichts ist wie gestern, nichts
wie zuvor.

Eine weiße Muschel in offener
Hand,
Welle und Woge die Liebe
verband.
Ebbe und Flut, Gezeiten
im Leben,
der rauhe Wind wird sie
mit sich nehmen.
Verweht sind die Spuren
im feinen Sand,
geblieben die Sterne,
das Wolkenband.

Karin Karg

Aufruf zu Ostern

Es ist, als ob ein Sturmwind hätte
die Kleider aller Trauernden gebauscht,
als ob Gebärden und das Händeringen
geschehen, wie vom Weine süß berauscht,
der gut gedeiht rings um die Schädelstätte.

Auch uns hält nicht des dumpfen Grabes
Dunkel.
Wir blicken wieder weit ins Land hinein
und auf dem Antlitz, auf des Kreuzes Balken,
liegt warm und gütig erster Frühlingsschein
und mancher ersten Dolden zart Gefunkel.

Es ist, als ob des Geistes Kraft hier walte,
zu enden nicht das Leben mit dem Tod,
zu dringen durch die Schluchten zu dem Lichte,
das uns umgibt, verdrängt, was uns bedroht,
der uns befiehlt: beschreibe und gestalte!

*Rudolf V. Karl (*1931)*

In unaufhörliches Leben

Wenn nichts gelingt
Wenn nichts was bringt
Wenn meine Seele ringt
Mit der Qual
Dann bleibt keine Wahl
Für dieses Mal
Denn alles ist so schal –
Und Tränen ohne Zahl…

Wenn vieles gelingt
Wenn vieles was bringt
Wenn die Seele auch manchmal ringt
Mit der Qual
Dann bleibt doch die Wahl
Auch dieses Mal
Obwohl alles schal
Und Tränen ohne Zahl –
Das ist mir ganz egal
Ich hab die Wahl
Mitsamt der Qual
Auch dieses Mal
Aus dem dunklen Tal
Mich zu erheben
In unaufhörliches Leben

*Marianne Kawohl (*1945)*

Schatten fallen Flügel

Wolken
– schwereleicht –
Weiß in Blau
Felder
Sonne Licht
Schatten
fallen Flügel
Wolken Berge
Türme
Glocken tönen
ziehen Wolken
– schwereleicht –
Blätter zerren
winden
haften
ziehen Wolken
Vögel
– schwereleicht –
Schatten
fallen Flügel

*Marlies Kellermann (*1941)*

Wandlung

Erkenne Mensch:
 Du bist göttlich!
Keine armselige Kreatur,
 nicht vom Ego bestimmt.
Erkenne die Fallen –
Schmeichelei, Bequemlichkeit,
 Reichtum und Macht.
Setz nicht auf diesen äußeren Gewinn.
 Öffne dein Herz.
Stell die Verbindung wieder her
 und komm an die Quelle.
Du wirst inneren Frieden finden.
Glaub an die göttliche Macht.
 Du wirst Hoffnung schöpfen.
Lass dich von Gott, deinem Schöpfer
 durchdringen.
Er schenkt dir Liebe.
Nimm sein Geschenk an –
 und das Leben
wird wie ein Strom durch dich fließen.

*Anne Kemper (*1949)*

Am Meer

Kein Tosen war's.
Nur Wellenschlag
Als vor mir eine Muschel lag.

Als ich sie hob
Zu mir empor,
Kam sie mir wie das Fernweh vor.

Wo war sie wohl
Vor dieser Zeit
Im tiefen Meer der Ewigkeit?

Auf meiner Hand
In perlenweiß
Wirkt sie auf mich durch ihren Reiz.

Wär Liebe so
Für alle Zeit
Geboren für die Zweisamkeit,

Dann hätt' das Herz
Stets neuen Schwung.
Wie Wellen der Erinnerung.

*Wilfried A. Kihl (*1938)*

Ostwind

Dem Ostwind
Hab' ich ein Lied aufgetragen.
Er soll es dir bringen, soll es ganz leise und zart
Bei Nacht
In deinem Fenster singen
Und über den vom Mond
Versilberten Bäumen im Garten
Voll Unrast
Deinen Gruß erwarten.
Mit ihm wird er
Um den Erdball weh'n
Und von Osten kommend
Bei mir stille stehn,
ihn mir zu sagen.
Doch horch, seit Tagen weht es von Nord ...
Reif drückt die Blüten nieder ...
Ostwind, Ostwind ...
Ostwind kehr wieder!

*Hedwig Kindler (*1930)*

Ewige Fragen

Warum bin ich ich, und warum nicht du?
Passe ich denn nur in mein Passepartout?
Sechs Milliarden Dus leben in der Welt,
doch mein Ich hat sich nur mir vorgestellt.

Nochmals frage ich: Warum bin ich ich,
trägt doch jedes Du auch ein Ich in sich?
Zeigte mir ein Test, vielleicht gentechnisch,
ob ich als ein Du ein ganz anderes Ich?

Warum wurde ich die, die ich jetzt bin?
Wo war ich zuvor? Und wo geh ich hin?
Wurde ich gefragt? Hatte ich die Wahl?
War es vorbestimmt, sechs Milliarden Mal?

Doch nun bin ich die, die ich eben bin,
und ich nehme mich und mein Schicksal hin.
Denn selbst wenn du ich und ich dafür du,
wäre ich doch ich, und du wärst mein Du.

Diese Einsicht macht mich ein wenig stumm,
und so frage ich auch nicht mehr: Warum?
Nur noch, ob in mir, ganz gleich wer ich bin,
nicht die Antwort keimt für des Lebens Sinn?

*Monika Klages (*1943)*

trauma 09/11

gewalt bricht ein
atem stockt schrei – zivile
erstickt augen – ikonen
reglos aufgerissen – stürzen
blut gefriert körper – zivile
starr denken sinnlos – strukturen
kurzgeschlossen – zerglühen
entsetzen im zentrum – in
eingebunkert – zeitlupe
mauern meterdick, – zivile
stündlich wachsend. – grundfesten
keine klopfzeichen mehr. – beben.

zeitrechnung nulllinie –

monate danach
müht sich der
erste grashalm
ans licht,
taumeln zwei
zitronenfalter über
ground zero ...

*Eva Klaushofer (*1950)*

Jahreszeiten

Für das Erwachen nach der Winterzeit
Macht sich das Frühjahr stets bereit,
es bricht mit seiner grünen Pracht
in jedem Jahr die Wintersmacht.

Es folgt der Sommer mit viel Sonne,
vertreibt den Ernst, bereitet Wonne;
er bringt das Leben in die Natur,
viel Freude, von Trauer keine Spur.

Der Herbst bereitet uns den Tisch
er schenkt uns Wein und Früchte frisch.
Tausendfach sind seine Gaben,
die Mensch und Tier erquickend laben.

Doch erst der Winter – kühl und klar –
lehrt uns, dass das nicht alles war,
er mahnt uns zur Ruhe und zur Stille,
denn auch das ist Gottes Wille.

Wenn dann das Frühjahr wieder naht,
dann denkt der Bauer an die Saat,
und wir erkennen ganz geschwind,
dass wir wieder ein Jahr älter sind!

Achim Klein

A STREETCAR NAMED ALMIGHTY

Durch Kriegsgeschrei, Amerika,
Betäubst Du Deine Potentiale.
Du hörst es nicht – Kassandra rief.
Beugst Du das Recht, Amerika,
Zerbrechen Deine Ideale:
„Der Freiheit Geister, die ich rief."
Froh wandelst Du auf Trojas Pfade,
Noch eh die hohe Festung tief
Hernieder fällt im Wohlstandsmief
Verdauter Wirtschaftsareale.
Es sind der Rüstung „Marsch!" Signale! –
Und was von solcher Welt noch blieb,
Vergil in seinem Werk beschrieb
„Vom Krieg ich sing" – der Schlacht Finale:
Das Schwert von Aeneas im Enddarm!
...Carthaginem esse delendam!
Zu Fall gebracht – auch Roms Cäsaren...
So sie Gott eins
Und Krieger waren.
Endstation einst...Allmacht! –

Wo Schild und der Helm,
Wo Löwe, Adler – vor den Rosen und Lilien –
Als Zierde dienen der Heraldik,
Bleibt Ajax ein Schelm,
Wenn er Kassandra vor den Augen Athenes
Auf hölzernem Pferd vergewaltigt.

*Manfred Klenk (*1950)*

Eine glücklose Wanderung

Der Tag war fast vergangen, als ich plötzlich
 sein Gesicht sah.
Es faszinierte mich und ließ mich keine Ruhe
 mehr finden.
Irgendwann folgten wir dem hellen Strahl,
der uns unseren Weg, unsere Sonne zeigen würde.
Aber es war nur eine Fatamorgana in Farben
 ohne Zahl –
und sie wurde fortgespült vom nächtlichen Himmel.
So wanderten wir hoffnungsfroh durch die
 Dunkelheit der Nacht
im Vertrauen darauf, dem Glück am nächsten
 Morgen zu begegnen
unter blauem Himmel und Sonnenstrahlen.
Doch alles Schöne, Erhoffte, blieb uns verborgen:
Wir schauten enttäuscht nur noch in dunkle Wolken.
Immer sehnten wir die nächsten Stunden herbei ...
... hoffend auf ein Glück und die endlose Liebe.
Des Abends warteten wir auf die beglückende Ruhe.
Und es kam die Nacht: Sie brachte zärtliche Freuden.
Doch – im Morgengrauen – sah ich in ein
 fremdes Gesicht.
Verschwunden war das Lächeln von gestern,
das mich beglückt hatte und mich gedankenlos
 ihm folgen ließ.
Nun wandern wir zwar gemeinsam durch die Zeit,
... doch jeder geht seinen eigenen Weg.

*Christina Klose (*1945)*

Der Zeit voraus

Wenn die Zeit auch steht,
Sieh, wie schnell sie vergeht.
Augenblick und Ewigkeit,
Relativ ist uns're Zeit.

Jeder trägt die Eigenzeit,
Null und Unendlichkeit zugleich.
Hast du sie, die nie vergeht,
Unfassbar Ding ins Dasein strebt.

Schön sieht sie aus auf Zifferblättern,
Vergnüglich Sekunden weiterklettern.
Sommerzeit und Winterzeit,
Umstellung und Gleichmäßigkeit.

Das Zeitalter der Liebe
Vor und nach Christus bliebe.
Im Wandel der Zeiten
Ins nächste Jahrtausend wir schreiten.

Durch die Lichtgeschwindigkeit begrenzt,
Neu Theorie uns trefflich glänzt.
Nein, es gibt gar keine Zeit.
Nur parallel Änderung ist Gottes Geleit.

*Holm Kohlmann (*1966)*

Der 11. September

Datum fixiert Lebenslinien, Unendlichkeit
vergeht.
Punkt schreibt Geschichte, gerinnt, stockt
Zerfallen, vertrocknet – Staub verweht.
Deine Träne außen,
heißer Schmerz schreit, brennt Wut, Glut raucht.
Schuld sucht ein Ziel und findet wieder nur
Tränen.
Ozean sammelt Tropfen auf – Sinn, Frage,
sinnlos?

Dein Träne innen,
stille Qual nagt, frisst langsam, Geduld verbraucht.
Vertrauen stirbt nur einmal – Nein, stirb nicht!
Punkt brennt Linien in die Zeit, die schwebt,
aber endliche Ewigkeit steht, wortlos stumm in
Liebe.
Glaube trägt Hoffnung und belebt Vergangenheit.
Atem wird neu geboren, Auferstehung in
Vergebung.
Leben kindlich pulsierend pocht roten Schein
auf Wangen.
Salzspuren bleiben eingetrocknet, unvergessen.

Deine Träne,
Juwel im Herzen geschliffen
spiegelt ein Datum wieder –
11. September

*Karin E. J. Kolland (*1954)*

Geliebter

Beneide Dich, so stolz und stark stehst Du.
Bin ich erhitzt, schenkst Du mir kühle Ruh.
Fühl mich ja so beschützt in Deiner Näh'.
Aus kriegerischer Welt flieh' ich zu Dir wie
ein weidwundes Reh.
Beneide Dich, weil jedermann Dich liebt.
Danke dem Herrn, daß es Dich gibt.
An Dich geschmiegt, in Deinem Arm nur
Trost ich such'.
Uneingeschränkt les' ich Dir vor aus meinem
Tagebuch.
Und heut' erzähl' ich Dir sogar von meinem
Traum ...
Geliebter ... Baum!

Helga Kollitz

Eva's Erbe….

Der Apfelbaum in meinem Bauch….
soll keine Frucht mehr tragen.
Ich schäme mich der Sünde mehr….
die in mir wächst, wie ein Kriegsheer.

Mag ich so vor meinen Schöpfer treten….?
Der alles geseh'n und sich verbeten!

Kann nur sagen bin Schuldig, allen
Vergehen….!

Bald stehe ich vor dem „Herrn"…
und muss, in sein Antlitz seh'n…
mit großer Unwürdigkeit, meiner unrechten Taten….
Massen, an Schuldigkeiten….
in seinem Buch für Ewig gehalten….
die mich am jüngsten Tag, werden verraten!

Doch wie einst „Mutter Eva", bin ich aus
Fleisch und Blut….
eben werde ich versuchen….
aus göttlicher Glut….!
Mich zu winden….
wie ein Wurm,
aus schierer Angst, vor Gottes gerechtem
sowie fürchterlichem Zorn!

Sylvia Konrath

Heimweh

Sayonara
grüßt leise
die japanische Quitte
verneigt sich scheu
und anmutsvoll
stolz spricht
die Tulpe zur Narzisse
weißt du,
was sie von uns will
wendet sich ab
genießt die Sonnenküsse
fühlt sich gestört
im Frühlingsgefühl
wehmütig schluchzt
die japanische Quitte
schickt Wolkengrüße
der fernen Heimat zu

Margret Kopsch

Primavera

Ich höre deine Seele fiebern,
wie gerne wäre sie so frei,
wie alle Grillen, Frösche, Vipern
in diesem gottgeschenkten Mai.

Der Silbermond im Erlenwipfel
fängt zärtlich Wolkenkinder ein
und langsam schlafen alle Farben,
doch ihren Duft saugst du noch ein.

Die Nacht hält keine Ruhe
in diesem aufgeregten Mai,
wem soll man glauben,
bei so viel hemmungslosem Schrei.

Was macht ein Kind des Winters,
vom Feuer ganz geprägt,
wenn endlich, scheinbar ohne Last,
die ganze Welt sich hebt?

Regine Körber-Steuernthal

Zur Mutter des Wortes

Unversehrt
hast Du das Wort geboren,
unversehrt
blieb es nur bei Dir,
Maria.

Bei uns wurde das Wort
durch die Gasse getrieben,
geschlagen
von den Spießruten
der Bosheit.

Im Ödland unserer Herzen
ertrug es tausend Einsamkeiten
und fror,
wie nur die Liebe frieren kann,
wenn sie schutzlos ist
und verlassen.

In verdorrten Sprachhöhlen
bei nichtssagenden Zungen
litt es Hunger und Durst.

Wir haben das Wort
in den Stall getrieben
und sein Gewand
mit Scherben besetzt,
nichts ist von seiner Schönheit
geblieben,
kein Teil an ihm
blieb unverletzt.

So bitt' ich Dich, Schutzherrin,
laß es nicht frieren
in meinem armen, verlassenen Haus
und breit' Deinen schützenden,
wärmenden Mantel
über das weinende Kindlein aus.

Paul Kovarik

Abgenabelt

Abgenabelt von der Liebe für mehr als ein
Viertel Jahrhundert.
Sechsundzwanzig Jahre Zerstreuung und
Ablenkung.
Eiskalte Herzen verursachten seelische
Schmerzen.
Verschmälerte Freiheit,
getrieben von Bosheit
verwegener Gehirne.
Zarte Manie bleicher Kinderhand,
sich zart entgegenstreckend dunklen Augen,
erstickt unter einem falschen Liebesband.
Falsches Liebesband, oh falsches Liebesband!
In Verzweiflung fällt in diesem Wort die Liebe
weg und es bleibt das schwarze – Band –.
Gebunden um das Genick,
befreite es – in Gedanken nur und wie ein
Strick
ein zartes, junges Herz.
Getötet fällt es in das schwarze Loch, das sich
verständnisvolle Welt nennt,
aber doch niemand dessen Wesen wirklich
kennt.
Entweder fängt es dieses mal die wahre Liebe auf
– oder es schlägt – in einem letzten Schrei auf
hartem Boden,
für immer auf.

*Roland Krasnodebski (*1977)*

Die Liebe ist eine Himmelsmacht

Die Liebe ist eine Himmelsmacht,
in jeder sternenklaren Nacht
wird sie von den Engeln bewacht
und wahrlich Liebende werden von ihnen mit
roten Rosen bedacht.
Rote Rosen, die für immer blühen.
Ein Herz und eine Seele, die für immer glühen.

*Christine Kratzer (*1966)*

Ein Sommertag

Es riecht nach Sommer
in den Gärten quillt es über von Rosen
sie leuchten in der Sonne
in Rot, Rosa, Gelb,
der Duft ist betörend süß
und berauschend.
Ich liege im hohen Gras
schaue in den Himmel
sehe den Wolken nach die,
die schönsten Träume wecken.
In den Wolken entdecke ich
Tiere, Blumen, Menschengesichter.
In der lauen Luft fliegen jubelnd
die Schwalben in den blauen Himmel.
Was für ein herrlicher Tag, was für ein Glück.

Johanna Kurschus

Herbstelflein

Herbst
Ein Windspiel
Im Wind spielend
Fällt Herbstlaub zum Boden
Herbstblätter

Christine Kurth

LebensSinn

Nach den bunten Jugenträumen
ziehen wir Bilanz.
Manche Wunden sind zu heilen,
sind wir noch nicht GANZ.

Der Weg vor uns scheint schön zu sein.
Sollen wir ihn geh'n?
Wohl – es gibt nur diesen einen,
wie wir uns auch dreh'n.

Wir folgen unserer Intuition,
noch ist kein Ziel in Sicht.
Doch etwas ahnen wir dann schon,
fällt erst Schicht um Schicht.

Alle Gipfel sind erklommen.
Und der Sinn nun ist:
In unsrer Mitte anzukommen,
„werde, der du bist".

*Evelin Langrock (*1955)*

Der Maulbeerbaum

Die Bläue des Himmels ist voller Dunst und
Glast.
Schwüle lastet auf dem bunten Hafen,
wo die Fischer in den Kojen schlafen,
die Boote schaukeln Mast an Mast.

Weiter draußen auf dem weiten Meer
werfen große Wogen ihren Schaum,
und der alte, weiße Maulbeerbaum
hat ihre Feuchtigkeit in sich hineingesogen.

Von unten aus dem Hafen dringt
verhalt'ner Lärm zu ihm empor,
und unhörbar für unser Ohr
vernimmt er, wie die Seidenraupe spinnt.

Die Sonne brennt auf Felsen, nackt und leer.

*Hanns Leeb (*1928)*

Schnee

Mit dir möchte ich einschneien
die Zeit anhalten
unter einem Dach das trägt
unsre Zerbrechlichkeit
gehalten durch einen Statiker
der Material und Werkzeug kennt
und wenn uns wilde Hunde jagen
im Fallen auffängt
weil er liebt

*Jutta Lehmann (*1937)*

Abschied

Altweibersommer ist doch noch gekommen –
der Nebel weicht dem herbstlich sanften Licht;
rotgolden die Hänge, voll warmer Schönheit –
    unbenommen,
und sieh: Frau Spinne tut als Weberin die Pflicht.

Noch einmal lässt uns Mutter Natur
ihre ganze Pracht und Fülle schmerzlich spüren,
wird uns mit prallen Früchten, saftig süß,
erfreuen und versuchen, zu verführen.

Das Jahr nimmt Abschied, ist nicht mehr lang,
schon legt sich Raureif über Äcker und Wiesen;
vom Kirchturm die Glocken, wehmütig im Klang:
ob alles aufs Neue wird grünen und sprießen?

So mancher zieht zurück bald in sein Winternest,
hat für den langen Schlaf schon vorgesorgt, bereit
zu ruhen, bis er ihn wieder erwachen lässt,
der Frühling, in seiner jungen Herrlichkeit!

*Elfriede Leimbach (*1948)*

Rund sind viele Dinge

Schon wieder flieg ich durch die Lüfte
Geschwindigkeit ist keine Hexerei
Während des Fluges umhüllen mich
  verführerische Düfte
Haarscharf am kahlen Kopf vorbei.

Da legt sich einer auf den Rücken
Ein Bein versucht mich zu erreichen
Wird es der „9" denn dieses Mal glücken
Diese Technik sucht ihresgleichen

Fulminant flieg ich ins Ziel
Nur kurze Zeit komm ich zur Ruh
Man(n) begehrt mich viel zu viel
In meinem Rücken lautstark „Buh"

Ein Pfiff durchbricht die kalte Nacht
Ich roll zum Fuß von Nr. „10"
Das hab ich mir doch gleich gedacht
Die blaue „4" sieht rot – muß geh'n!

Zwei große Hände mich umfassen
Im Flug ein Zuruf: „Ich bin hier" –
Geworfen zu werden, weit angenehmer um Klassen
Ein Mann in Schwarz steht unter mir.

Der Flugbahn sekundenlang entwichen
Lieg ich nun kurz im satten Grün
Schau in ein Gesicht geplagt von Seitenstichen
Hier wird niemals ein Blümelein erblüh'n.

Millionen Blicke zieh ich in meinen Bann
Völkerverständigung kennt keine Grenzen
La-Ola-Welle – ich heb ab – voll getroffen mit
dem Spann

*Hartmut Leiner (*1955)*

Regenbogenbrücke

Aus den Lotusblüten
steigt eine
Regenbogenbrücke
zum bunten Zug
in ein fernes Land,
rollende Räder
wirbeln beißenden Staub
darauf auf,
Bäche an Tränen
über die Toten
spülen ihn fort,
klarer klingt die Klage
unerwünscht zu sein
zur Gitarre
im Rhythmus
klatschender Hände,
aber das
magere Rückgrat
bleibt ungebrochen -
und seht nur :
Ganescha lächelt
aus der Sonne !

gewidmet den Familien Reinhardt (Koblenz) und Stojka (Wien) sowie allen Sinti und Roma

Sigrid Lemke-Westermeier

Frühling

Sonne,
blaß und kraftlos,
Schneeglöckchen,
noch geburtenschwach.
Leiser Amselgesang des Morgens,
noch ungeübt.

Wind bläst
in dürren Zweigen
pralle Knospen an.

Windfinger spielen
mit Laub von gestern.
Nackte Erde
wird rissig.

Frost
zieht hämisch grinsend
sein Totentuch vom Feld.
Keiner trauert ihm nach,
vergessen seine Rückkehr.

Kaltes Wasser im Bach
plätschert lustig schäumend
von Stein zu Stein.

Wenn es still ist und lau
singt der Frühlingsknabe
ein leises Lied.

*Ursula I. Leonhardt (*1942)*

Herzbewegend

Neulich habe ich bemerkt
mein Herz schlägt rechts
doch ohne Lust und monoton
Ich lockte es mit allerhand
doch es blieb stur und unglücklich
Dann fiel mir auf
wie herzlos ich doch war
Es muss gar nicht nach links
Die Mitte scheint ein guter Fleck
So ganz ohne Gefahr
als Randgruppe zu enden
Mein Herz war ganz begeistert
und hat sich gleich dort eingerichtet

*Linda Leskau (*1985)*

Himmel und Hölle

Ich kann es nicht glauben, es kann doch nicht sein,
unter Blinden und Tauben bin ich hier allein!
Ja, hier auf der Welt sehe nur ich es ein –
es ist hier die Hölle, ja, sie muß es sein!

Elend, Verbrechen, Krieg, Dummheit und Not,
Lug und Betrug, Neid, Haß und der Tod
herrschen doch überall auf dieser Welt –
es sind arme Toren, denen es hier gefällt!

Hohnlachend den Teufel seh' ich vor mir steh'n,
würd' er und die Welt doch sofort untergeh'n!
Dann wär' endlich vorbei alles irdische Leid,
nach der Hölle käm' Himmel und Seeligkeit!

Herrgott, laß die Hölle „Welt" bald untergeh'n
Und uns arme Menschen dann das Himmelreich
seh'n

*Anneliese List (*1922)*

Unser Leben

Ein Kommen und Gehen, sich Sammeln und
 Verwehen –
Ein Blütenschnee im Mai

Ein Beginnen und Enden, Vorantreiben und
 Wenden –
Ein Wellenschlag im Meer

Ein Lieben und Hassen, Halten und Loslassen –
Ein Schmetterling im Wind

Ein Reden und Schweigen, sich Verbergen und
 Zeigen –
Ein Kiesel auf dem Grund

Ein Suchen und Finden, sich Entzweien und
 Binden –
Ein Streifzug durch die Zeit

Ein Lachen und Weinen, Verglühen und
 Scheinen –
Ein Licht am Horizont

Ein Siegen und Verlieren, sich Wärmen und
 Frieren –
Die Suche nach dem
Glück.

*Monika Lockowandt (*1956)*

Der letzte Tag im August

Kommen, Gehen.
Gehen, Kommen.

Dazwischen –
Leben?

Suchen, Finden.
Finden, Suchen.

Dazwischen –
Leben.

Anfang, Ende.
Ende. Anfang.

Dazwischen –
Leben?

Leben, Tod.
Tod, Leben.

Im Spiegel –
Ich.

Welche Augen?
Die Seele in unseren Augen.

Kommen, Gehen.
Leben.

Emmanuel J. Losch

Momente des Glücks

Momente des Glücks –
doch wie trügerisch sind sie.
Wie schnell enttäuschen Worte und Taten!
Heute in Glückseligkeit,
morgen in Kampf und Streit –
ein Teil deiner selbst
und doch etwas Eigenes,
ein einziger Mensch,
der versöhnt –
aber auch verletzt bis ins Blut,
das uns verbindet –
ohne Rücksicht, ohne Gnade.
Eigenes Tun wird gerechtfertigt,
der andere dafür verurteilt.
Ein Glück, eine Hoffnung –
Doch auch tiefer Schmerz,
der uns verbindet.

Renate Ludwig-Schmiemann

Jähren

Sie schlafen aus in den Kolonien der Erde.
Vorsichtig reiben sie die Augen und ihre
Quellen drücken die Feuchtigkeit in den Fluss.

Die Knospen zerbrechen dort im Licht wo die
Weide bis zu den langen Sommertagen
grünt
und es noch nach frischen Heu riecht.

Reife Birnen fallen im Tau der längeren Nacht.
Tagein fliegen Wespen sirrend ins Geleeglas
wenn
bereits Kinder durchs gelbe Birkenlaub laufen.

Hallali. Orion ist auf dem Weg und das Grün
ist nur noch am Hut, dass weiße
Totenhemd mit
Netzeinsatz und Raureifringen liegt zur Schau.

Eiszapfenfinger umgreifen den Leib und vor
dem Fenster starrt der gefrorene Fluss zur
Mündung.
Aber in den Kolonien ruhen sie sich wieder aus.

*Hildegard Lüking (*1939)*

Milchstraße

Als ich dich traf,
fühlte ich mich unverstanden
und einsam.
Du bist in mein Leben getreten
wie ein leuchtender Stern am Himmel.
Du strahlst in mein Herz.
Wenn du nicht bei mir sein kannst,
suche ich den Himmel
nach einem leuchtenden Stern ab.
Die Milchstraße
hält meinen Blick fest.
Wie die **100 Mrd. Sterne** dieser Straße,
säumen meine Gedanken deinen Weg.

Als ich dich traf,
war es als würde ich
im Universum schweben.
Meine Gedanken nahmen
ein Eigenleben an.
Sie kreisten um dein
strahlendes Wesen.
Wie die Sonne um die Erde.
Du faszinierst mich
wie ein leuchtender Stern am Himmel.
Die Milchstraße
hält meinen Blick fest.
Wie die **100 Mrd. Sterne** dieser Straße,
säumen meine Gedanken deinen Weg.

Komm, begleite mich
auf dem unbekannten Weg,
entlang der leuchtenden Milchstraße,
Lasse uns einsinken
in das Unbekannte.
Wir berauschen uns
an diesem mystischem Augenblick.
Lass uns gemeinsam
diesen außergewöhnlichen Weg gehen.

Wir werden Sterne des Glücks!

Magdalena Madlinger

„... für Gott ist nichts unmöglich..." (Lk1,37)

Gott – ein Kind, unmöglich möglich?
Sagt man nicht: Er wurde Mensch,
geboren von einer Frau?
Sagt man nicht: Maria sei seine Mutter,
eine Jungfrau, die einem Engel ihr JA-Wort gab?

Unmöglich, sagt man!

Für Gott nicht, sagt der Engel –
Maria vertraut.

Eine Jungfrau traut sich
Gott zuzulassen,
ihn ankommen zu lassen,
und siehe: Gottes Nähe schafft Leben!

Denn für Gott ist nichts unmöglich.

*Sieglinde Majunke (*1943)*

M. *1944*

Mammel ist besoffen heute
Schläft inmitten junger Huren
Hat genug von Feldzugstouren
Hat genug vom Krieg ihr Leute
Weckt ihn erst nach tausend Jahren
Wenn was jetzt die Welt verdreckt
Längst verkommen und verreckt
In die Hölle ist gefahren

Adolf Mammel

Ende und Neubeginn

Du hast mich lieb und musst doch von mir
gehen.
In mir klingt nach von dir manch liebes Wort,
doch treibt ein inn'rer Ruf dich von mir fort.
Weil ich dich liebe, kann ich dich verstehen.

Was uns verband in Freud- und
Leidesstunden,
es prägte unsrer Liebe ein Gesicht,
das weiter wirkt. Doch reifet durch Verzicht
und draus die Frucht, die einst werd' gut
befunden.

So steh ich nun vor dir und trag in mir
die gleiche Liebe wie am ersten Tag,
die frei von Bitterkeit auch jetzt mir sei.
Die Liebe wollte immer helfen dir
und soll's noch heut. Nun wird im Schmerz sie
stark:
Die Liebe läßt den andern Menschen frei.

Herbst 1949

*Annelis Marien (*1925)*

heute

angst
vor dem begraben werden
und verbrennen
bei lebendigem leib

klag ich
und schrei
nach frieden

heute

fallen mir die kinder besonders auf
die liebevollen gesten
und blicke

können seelen fliegen
auch im fallen
aufgehoben...

*Dorothea Marien (*1958)*

Venedig

Venedig, du Perle,
an Bewunderung gewöhnt,
auf sie angewiesen.
Der unaufhaltsame Besucherstrom
gerät zum Belagerungszustand.
Im Würgegriff des allgegenwärtigen Marktes,
umklammert von Kitsch und Geschäft.
Stummes Ertragen, kein Aufschrei,
mit der Geste müder Grandezza
nimmst du dein Los an.
Einige tiefe Atemzüge bei Nacht,
gestärkt für neuerliche Drangsal.

In der Morgendämmerung
möchte ich dir begegnen,
an deinen smaragdenen Ufern verweilen,
Zeugin deiner nächtlichen Erholung sein.
Wenn die Schleier sanften Lichts
Dich liebkosen,
ersteht für den Augenblick
deine Schönheit von einst.
Dann will ich dich besingen,
Worte für meinen Abschied finden.

Mechthild Martin

Spät im Oktober

Reife Beeren rot erglühen
Im gelichteten Gezweige,
Letzte Rosen matt verblühen,
Duft verströmend bis zur Neige.

Vögel lärmen in den Bäumen,
Sammeln sich zur weiten Reise,
Taumelnd von des Sommers Träumen
Faltertanz zu trunkner Weise.

Kreiselspiel der Mückenschwärme,
Drehend, schwingend, dicht an dicht,
Nützend feuchte Bodenwärme
Drängen Pilze sich ans Licht.

Bach gesäumt von schwarzen Erlen,
Zart umsponnen Laub und Äste,
Silbrig-fein mit Glitzerperlen –
Spinnen weben kunstvoll Netze.

Gold-orangener Sonnenball
Taucht in blaue Wolkenschleier,
Ferner Abendglocken Hall
Stirbt im dunstbedeckten Weiher.

*Anita Meirich (*1943)*

An das Leben

deine schritte scheinen zu groß,
unbeholfen stolpere ich
hinter dir her;

fühle mich selbst zu grunde
höre mich atmen
ein und aus
schwer, wie ein pulsierendes seufzen
erinnere mich selbst daran
zu sein

ohne zu wissen wer oder wie oder wo -

du lächelst müde
über meine ratlosigkeit
und gehst nahtlos weiter

*Christina Meißner (*1982)*

Was blieb?

So, wie der Teufel
manch Netz aus Intrigen spann,
so spann jemand, Freundin,
ein Netz um dich.

Von außen erkannt' ich das Netz
aus feinsten Fäden gesponnen,
mit fremden Fäden verdichtet,
damit sich das Machwerk nicht lichtet.

Drum zog und zerrte ich
und rief verzweifelt:
„Komm heraus! Du bist eingesponnen!
Erkennst du das nicht?"

Dann bat ich, und bettelte ich.
Du aber bliebst unter diesem Netz,
beschützt vor mir.
„Freundin, warum glaubtest du mir nicht?"

Da ist ein Stück von mir gestorben,
ein Stück der Seele.
Und wenn wir uns treffen und sprechen,
sehe ich nur deine Hülle.

*Ruth Meltke (*1928)*

Buschwindröschen

Klirrend klar
die Gefühlskälte
des Winters
Sogar die Sonne
kann nichts erwärmen

Wenn er geht
kommst du
Buschwindröschen
ganz am Anfang
des Frühlings
Lachendes Weiß
in Blau gehüllt –

*Klaus Heinrich Menne (*1951)*

Diät Patient

Reifen quietschen, Bett muss her.
So ein dicker Mensch hat's schwer,
wenn er auch noch krank geworden,
man ihm Infusion verordnen
wird, damit er sein Gewicht
runter kriegt – oder auch nicht?!
Und am Ende steht die Waage
unbestechlich alle Tage.
Reduktionskost muss er essen.
Hat schon beinah ganz vergessen
wie ein Schnitzelchen sich schreibt.
Nichts von Fröhlichkeit mehr bleibt.
Alles, was ihm lieb und wert
sei, so sagt man, nun verkehrt.
Lange hält er das nicht aus,
geht mit Köfferchen nach Haus,
pfeift auf Kalorie Getu',
und nimmt kräftig wieder zu.

„Pierrot" A. *Mergler (*1945)*

Was bist du, Mensch?

Nichts bist du, vor du warst,
ein Häufchen Asche dann,
und was dazwischen liegt
ist nichts im Raum
und nichts an Zeit.

Was bist du, Mensch?

Du bist das Schlachtenfeld
von Gut und Bös,
hast das Wort ‚gerecht' erfunden,
bist der Welt Gehirn
und ihr Beweis.

Dorothea Merl

Das Unverzichtbare

Geld und Macht,
Tag und Nacht?
Ehre und Ruhm
oder Eigentum?
Nur geben oder nur nehmen?
All das macht alleine
nicht glücklich im Leben.

Nur hoffen und bangen,
wer kann's schon verlangen,
ist auch nicht das Wahre.

Es ist doch die Liebe
das einzig wahrhaft Unverzichtbare.

*Emmi Merten (*1961)*

Frühling

Frühling – ja das ist die Kraft,
die es immer wieder schafft,
die uns jedes Jahr befreit
aus der dunklen Winterszeit.

Frühling – heller wird die Welt.
Und der Bauer schaut aufs Feld
wie die Wintergerste steht,
bevor er auch den Weizen sät.

Frühling – das ist Birkengrün,
und gelbe Schlüsselblumen blüh'n.
Frisches Laub sprießt in den Wäldern,
und der Raps leuchtet auf Feldern.

Frühling – hoch geht unser Blick.
Kranich, Schwalbe kehr'n zurück.
Beendet wird der Winterschlaf,
und kahl geschoren wird das Schaf.

Frühling – das ist Osterfest.
Und der Vogel baut sein Nest.
So wird es immer weiter gehen.
Frühling – heißt auch auferstehen.

Karsten Meyer

Menschenkind und Rose

"Kleine Rose, du hast ja geweint!"
"Sei unbesorgt, Menschenkind, es sind nur
Regentropfen."
"Kleine Rose, du hast ja geweint!"
"Sei unbesorgt, Menschenkind, das grelle
Sonnenlicht lockte
den Tropfen."
"Kleine Rose, du hast ja geweint!"
"Sei unbesorgt, Menschenkind, es sind nur
Tautropfen."
"Kleine Rose, deine Tränen sind ja weiß!"
"Sei unbesorgt, Menschenkind, der Nachtfrost
ließ den Tau
erstarren."
"Kleine Rose, deine Blüte neigt sich zur Erde!"
"Sei unbesorgt, Menschenkind, mein Auftrag
ist erfüllt.
Ich sage dir nun – Lebewohl –." – – –

*Helgard Michalek (*1937)*

Kranke Welt

Es gibt soviel Haß in der Welt;
Wo ist nur die Liebe geblieben?
Ich glaube, man hat sie vertrieben
Und tauschte dafür das Geld.

Es rinnt soviel Blut durch die Welt;
Wir starren darauf mit Entsetzen ...
Doch will eine Träne uns netzen
Wird das Programm umgestellt.

Wir irren umher in der Welt;
Doch wer oder was kann uns einen?
Es können die Toten nicht weinen,
Die man um ihr Lachen geprellt.

Wo sind denn die Weisen der Welt,
Die Schwerter zu Pflugscharen schmieden,
Die Völker durch Einsicht befrieden
Eh jenes Datum verfällt?

*Heidel Mittelsteiner-Ruttkowski (*1912)*

Furcht brannte
das Gehör auf
Massen
violettes Lichtermeer
am Fuße des Berges

nach der Biegung nichts
was gelbe Hände aber
Erde vom Stein sucht
dem Wolf Schilf

vom Strand
Schilf dem Wolf
Sucht um Stein
Erde in die Hände
was aber ist nach der Biegung?

am Fuße des Berges
violett ans Nichts
Meer den Lichtern
Lieder der Massen
aufs Gehör
zerbrannte Furcht

*Christian Mohn (*1958)*

„Ozean meiner Träume“

Im Ozean meiner Träume
bist Du die Insel namens Hoffnung,
das Schiff des Lebens und des Lichts,
das segelt am Horizont
in die Weite des Nichts.

Im Ozean meiner Träume
eine Träne fiel in das Meer der Zeit,
ward nie mehr gefunden.
Dadurch mein Herz auf ewig gebunden
alle Zeit bereit.

Bereit zu lieben den Herrn
des Windes und der Gezeiten,
zu lieben des Piraten Mut,
die Welt zu verändern,
mit all' seiner Gier,
mit all' seiner Glut.

Aber was wird bleiben am Ende der Zeit?
Es werden bleiben
vergängliche Spuren im Sand,
aber unvergänglich
die Berührung meiner Seele
durch Deine Hand.

*Brienna de Montfort (*1967)*

Risse

Eine, durch keine Erfahrung belehrbare Sehnsucht

nach
reiner,
vollkommener
Liebe

durchzieht das Leben, von der Jugend bis ins Alter.

Ruin, physisch und seelisch!

Risse in der Zeit,
jetzt zerfallen wie umgestoßene Mauern:

Ich werde dennoch weiter zu den Sternen ziehen,
gleichwohl ich von dem menschlichen Scheitern weiß.

*Anna Christine Müller-Bechtel (*1969)*

Das Ende vom Denken

Zum Denken wurden wir erzogen,
somit aufs Äußerste belogen.
Nicht richtig wurde uns erklärt,
der Umgang mit dem Wahn-Gefährt.

Als scheinbar höchstes Gut gepriesen,
erhob man den Verstand zum Riesen.
Man machte ihn zum großen Gott,
es ging der Mensch dafür bankrott.

Vergessen wurde wer man ist,
fernab gedanklicher Arglist.
Ich denke, also bin ich – nicht!
ist wohl der erste Schritt zum Licht.

Denn wenn die Illusion erkannt,
wird sie vom Feuer des Seins verbrannt.
Gedankenlos auf einem Schimmel,
solch wahrer Ritt führt uns gen Himmel.

*Manfred Mur (*1976)*

Meine Lieblingsgespenster
Gewidmet Britta & Wilfried

Mit erbebendem Sinn sag ich's im Grund
in beinernem Weiß
an einem untief steinernen Teich

–Wir hatten nur Geschlecht und Menschsein gemein–
Mit Augen, von Verzweiflung uralt
hingen meine Lieblingsgespenster
singend
in den Weben der zeitrunden Spinnen.
Halbtot und halblebend
Von einmal nicht sichtbarem Elend umgeben
Sie sangen sich zu, ein Ping Pong mit Perlen
der Stimmchen zutausend
und warfen den Stein in den Teich, in die
Spiegelbilder hinein.
Inmitten traumreifer Lorbeerbäume
flankierten sie wehend Dunst und Dunkel, die
Zwischenzone

Meine Lieblingsgespenster, ich
höre sie singen
in der Zwischenzone.

Am Ende der Suche, für immer, reihen sie Träne
an Träne
Geweinte Melodien
Zu ungewohnt für die Spinne, die ihr Netz hinterließ
als Notenpapier.

*Lulu Naumann (*1963)*

Neuanfang

Mein ganzes bisheriges Leben war ich ein Regal, ein tragendes sogar.
Auf meinen einzelnen Regalböden stand der Ballast meiner Familie, aber auch so manches Mal ein liebevolles Geschenk, eine nette Geste.
Nun bin ich zwar immer noch ein Regal, aufrecht und fest – nur habe ich mich von meiner Rückwand befreit.
Trage in mir und auf mir neue Inhalte; kann von der Sonne durchflutet, dem Wind gestreichelt werden und atme die Luft der persönlichen Freiheit.
Meine vielen Dellen und Kratzer habe ich behalten, schließlich sind sie über einen sehr langen Zeitraum schmerzlich erworben worden.
Sie sind mir wichtig, sogar lieb und teuer.
Denn sie sind Spuren eines gelebten Daseins, Indizien eines durch Enttäuschungen geprägten Lebens, Zeugen eines Entwicklungsprozesses.
Durch den Wegfall meiner starren Rückwand bin ich biegsamer geworden, recke mich dem Glück entgegen und lehne mich zurück, wenn Unheil kommt.
So kann ich nicht zerbrechen, bleibe aufrecht und stark!

*Christine Neumann (*1952)*

Vorbei

Wo ist die Liebe, die einst heftig glühte,
die sich ums Glück des Anderen bemühte.
Wo ist die Achtung, die dem Anderen wir
zollten,
wo ist die Freude, die wir weitergeben wollten.

Wo ist die Innigkeit, mit der die Lippen küssten.
Wo ist das zarte Streicheln auf den kleinen Brüsten.
Wo ist der Stolz geblieben, den wir auf
einander hatten,
der Drang nach Zärtlichkeit in grüner Bäume
Schatten.

Wie klopfte einst das Herz beim Wiedersehen.
Ich frage mich, was ist mit uns geschehen,
dass wir am Andern nur noch Fehler sehen.

Könnt es nicht sein, dass auch in alten Tagen
sich Mann und Frau auf lieben Händen tragen.
Kann man im Alter nicht mehr für einander
schwärmen,
kann nicht des Andern Anblick unser Herz
erwärmen.

Ist denn schon ganz erloschen jegliches Gefühl,
ist denn der alte Mensch schon gänzlich kühl.
Von meiner Seite muss ich das verneinen,
mag es dem Anderen mitunter auch so
scheinen.

*Ingrid Niebhagen (*1938)*

Meine Orchidee

Sah dich dort stehn
Ich war entzückt
Musst' dich erstehn
Der Kauf geglückt

Ich liebe dich
Jahrzehnte lang
Auch du liebst mich
Ganz ohne Zwang

Du brauchst viel Ruh
Um dann zu blühn
Wie hübsch bist du
Willst du verblühn?

Hab dich gemalt
Zu meiner Freud
S'war meine Wahl
So bleibst' mir treu.

*Ruth Niederhauser (*1936)*

Regenbogen

Licht und Schatten, Tag und Nacht
Sonne, Regen, welche Macht
hat den bunten Regenbogen
von der dunklen Erde hochgezogen
zu dem hellen Licht der Sonne
und zurück zur dunklen Erde?
Mische diese sieben Farben ohne
zögern mit dem Dunkel unsrer Erde,
mit dem sonnenhaften Licht,
mische sie auch miteinander. Mehrfach
oder nur mit einer. Es entstehen – ach
unzählbare Farbentöne, scheue nicht
den Vergleich mit Menschenseelen,
die von diesen Farben wählen,
hellen, dunklen, warmen, kalten
mißgetönt und wohlgestaltnd
sind wir alle eingebunden
in das eherne Gesetz des Kosmos
bis wir einst zurückgefunden
in das Licht, das strahlend helle,
in das Dunkel, in die Hölle.
Hell und dunkel, gut und böse liegt im Schoß
des Kosmos. Auferstehung und der Tod
eingeflochten aller Seelen Not
strebend nach dem Licht wie Pflanzen
nach den frohen Farben, nach dem Ganzen.

*Ilse Obenland (*1930)*

Im Idyll der Natur so still
in schönen Gärten
bei klarer Sternennacht
werden plaudernd Kriegspläne gemacht.
So Gott will?

Mit Blick auf die Morgenröte
wird kühl und still
nicht an der Menschheit Nöte
an Vergeltungsschläge wird gedacht.
So Gott will?

Nahe an Mohnblumenfeldern
und Korn, der rauschend im Wind
der Sonne entgegen lacht,
wird die Vernichtung vollbracht.
So Gott will?

Bei Mondenschein die Grillen zirpen
und wiederum die Stille wacht,
wenn Ströme von Champagner fließen
wird huldvoll lächelnd an den Sieg gedacht.
So Gott will?

Susann Obier

Das Leben macht Sinn …

denn ich bin hier, …
nicht nur für mich, ...
will nicht in meinem Ego leben,
sondern mit der Familie eben;

Das Leben macht Sinn …

weil ich auch mal langsam tue.
Will mich nicht für Geld nur ängstigen und hetzen.
Die nötige Bettruh' hab' ich nicht aus diesem Grund,
sondern, weil ich zufrieden mit mir sein will,
  und gesund;

Das Leben macht Sinn …

wenn man den Frieden liebt,
oder bist Du gern mit Deinem
Nachbarn hier im Krieg?

D'rum lass Dich nicht irritieren,
Es ist Humbug, wenn Dir einer sagt:
Krieg muss sein, aus Angst und Stolz!

Im Gegensatz dazu:
Sei äußerst klug und nicht so aus hartem Holz.

Nicht ist's naiv, den Frieden zu lieben,
wenn man denkt an den Sinn des Lebens,
der verbunden ist,
  ...mit Seelenfrieden.

*Peter Ochsenbauer (*1966)*

Zum neuen Jahr

Dein Auge berühre ein Schmetterlingsflügel,
eine Flöte klinge in deinem Ohr,
ein Lüftchen schwelle dein Alltagssegel,
es dufte nach Frühling rings um dich her.

Es möge der Atem der Sehnsucht dich leiten
zum Mond und den Sternen im Himmelsmeer,
im Traum möge er jene Wege bereiten,
die führen zu den Gestirnen in dir.

Erde und Regen sollen dich nähren,
sehr sei die Sonne dir zugetan,
sie reife dein Korn zu goldenen Ähren,
Abendstille fülle dich an.

Christiane Orth

Nur ein kleines Glück

Weißt du wie groß ein kleines Glück doch sein
kann?
Eine Geste, ein Lächeln, ein lieber Blick!
Wir Menschen haben es verlernt – So denk
doch daran
Es wird immer etwas geben woran man sich
festhalten kann.

Ja, festhalten in Liebe, kann man das
überhaupt
Verdunkeln menschliche Gewalten nicht
ständig die Sicht?
Wie soll ich beginnen, fragst du mich?
Reich einfach deine Hand zum „Großen
Glück".

Der Weg ist so leicht, führt er auch über
Steine
Verletzungen bleiben dann leider nicht aus
Menschsein beinhaltet immer das „Eine"
Mache von allen Qualen dich frei.

Irmtraut Otto

Reichtum des Schauens

Sehen, schauen,
gedanklich begreifen –
holde Stille genießen,
gedanklich dort sein,
wo dein Blick hingeht.

Vertraut werden,
geistig befühlen
als sei es Dein.

Umfassen,
liebend umarmen,
sich als Wesen verstehen,
das über Dinge schwebt.

Über den Dingen –
wie ein Abbild Gottes
und der Schöpfer es will.

*Rolf von Pander (*1948)*

Die Schnecke und der Vogel

Der Vogel durch die Lüfte schwingt
Das Lied der Freiheit fröhlich singt
Die Schnecke auf der Erde kriecht
Im Bau der Knechtschaft schleimend siecht.

So flieg' doch, Schnecke, flieg'
Hörst du nicht der Freiheit schönstes Lied?
Ich hör' es wohl, doch du siehst nichts
Mein dunkler Kerker ist der Allgrund deines Lichts.

Wie wahr der Tag kann ohne Nacht nicht sein
Es ist der Schöpfung geheimnisvollster Reim
So ist frei nur, wer nicht spürt,
Daß der Unfreiheit sein Dank gebührt.

Joel D. Pardes

Der Neuling im Chor

Ich weiß nicht, was soll es bedeuten,
Das Cis, das Fis und das Gis.
Wenn wir das manchmal singen,
Da hab' ich immer Schiss.
Der Chor, der singt so schöne,
Ich aber singe Mist.
Der Dirigent droht mit dem Stabe,
Wie es so üblich ist.

Ich seh' nur die Damen von hinten,
Wenn wir stehen aufgestellt.
Doch werde ich eine finden,
die mir so richtig gefällt.
Es ist ja die eine Kleine,
Die finde ich äußerst nett.
Und sagt sie mal: ich bin die Deine.
Dann singen wir im Duett.

*Johannes Paschwitz (*1927)*

Eukalyptus

Eukalyptus
was flüsterst du
flüsterst du
hast du Sirenen
Sirenen gesehn
auf den Felsen
und hast du
den Sang der Sirenen
Sirenen gehört
Eukalyptus
was flüsterst du
flüsterst du
hast du Odysseus
Odysseus gesehn
und das weinfarbne
weinfarbne Meer
Eukalyptus
was flüsterst du
flüsterst du

Irmgard Perfahl

HERZELEID

Du warst mein erster Mann
Und auch einziger Mann.
Bist es auch geblieben,
als Du mich von Dir getrieben.
Ich sah' keinen Anderen mehr an.

All die vielen Jahre, sie verrannen im Sand.
All die vielen Jahre, wo mich Keiner nahm an
die Hand.
Deine seelische Grausamkeit hat Alles zerstört.
Deine gemeinen Worte blieben bei mir nicht
ungehört.
Wer gibt mir das Vertrauen in die Liebe zurück?

Ich habe Angst davor, einen neuen Mann zu
treffen
Und sehne mich doch so sehr danach.
Ich habe Angst davor, wieder zu hoffen.
Ich habe Angst davor, wieder Jemand zu lieben,
mir ist doch nur die Enttäuschung geblieben.

Christine Peter

Zu Weihnachten – Gedanken an Freunde

Das letzte Blatt, es fällt von seinem Baum.
Sieh nur, ein kleines Lichtlein brennt.
Die Erde schläft, und wiegt sich still im Traum.
Da ist Gewissheit, weil sie das erwachen kennt.

Ein Samenkorn versteckt sich unterm Eis,
und bangt geduldig nach dem ersten
Sonnenstrahl.
Die Blumen schlafen, weil ein jeder weiß,
nichts geht verloren im gesammten All.

Verlorene Seelen wärmen sich
im Schein der Weihnachtskerzen.
So mancher, der schon längst verblich,
sucht Zugang zu den Erdenherzen.

Ob Menschen, Tiere oder Pflanzen,
gemeinsam hüllt das Licht sie ein.
Wir alle sind ein Teil des Ganzen,
Nichts existiert für sich allein.

Wo Menschen Licht ins Dunkel tragen,
dort flüchtet jede Erdenqual.
Beantwortet sind alle Lebensfragen,
und jeder Funke wird zum Strahl.

*Margot Peterhänsel (*1950)*

Fremder
Inspiriert von Novalis

Oh Fremder,
dein Gesicht, so müde und erschöpft.
Was macht dein Herz so schwer?
Oh Fremder,
du zitterst vor Kälte.
Du bist wärmere Winde gewöhnt und andere
Jahreszeiten?
Das Klima hier Dir feindlich und fremd.
So grau die Welt.

Oh Fremder,
sei nicht mehr traurig!
Du kommst zu spät.
Die Welt, die du kennst, das Land, das du suchst

... existiert nicht mehr ...

es ist untergegangen vor Tausenden von Jahren.
Wir sind die Überlebenden, doch unsre Herzen
sind leer.
Es ist so kalt geworden seit Du
das letzte Mal hier gewesen ...

Oh Fremder,
baue nochmals ein Schiff und nimm uns mit.
Wir wollen dein Hafen sein ...

Sophia Phanes

Der Mond ist zu gross für's Herz, Heute, und
Morgen, ich weiss nicht – ?

Unterm Honigbaum ist auch Krieg und
unter den Füssen taubseeliger Tänzer
und geborgter Gesten immer noch Erde

Es heisst, „Heimat ist, was uns an's
Herz gewachsen"
Was alles könnte uns an's Herz wachsen
und Heimat sein – so man es liesse

Das Nest des Vogels ist das der Welt
und ein Moment der Liebe, auch Ewigkeit.
Fallhöhen schwingen im Netz der Teilchen,
perlenverknüpft und spiegelgleich
Wir in Allem,
tausendfach sich gegenüber

Der Mond ist zu gross für's Herz, Heute,
und Morgen…?

Cosy Pièro

Zu Heddas fünfzigstem Geburtstag

Es ist die Frucht vornehmen Dranges
der edlen Frauen Lob zu singen.
So soll im Herbst des Minnesanges
ein Lied zu Heddas Lob erklingen.

Nicht Leibesfülle lässt sie strahlen,
dem Blick kann sie sich leicht entziehn.
Von Rubens lässt sie sich nicht malen.
Wer nicht gut sieht, schaut zweimal hin.

Im Kampf der Bälle und der Schläger
jedoch ist sie des Platzes Zier.
Ob Schüler, ob Trophäenjäger,
ein jeder dreht sich um nach ihr.

Und nicht nur das tut sie für uns:
Sie importiert aus fernen Ländern
aus Holz geschnitzt Spielzeug und Kunst
samt buntem Packpapier und Bändern.

Erfreu uns, Hedda, weiterhin
mit Anmut und mit schönen Dingen,
und lass uns, wenn die Jahre fliehn,
noch oft zu deinem Lobe singen!

Georg Potyka

Auf der Suche

Worte dort, Blicke hier
Immerfort, ich such' nach ihr.

Nach meinem Lebenstraum
Dem ich hab' mein Streben zu verdanken.
Dem ich lass' in mein' Gedanken
Unendlich großen Raum.
Ich kann sie spüren
Hinter zehn verschloss'nen Türen
Ich kann's erahnen…
Ich muss mich mahnen!
Bin strikter Realist.
Ist das alles was du bist?
Kannst du's nicht fühlen?
Man kann's nicht einfach runterspülen!

Es muss doch etwas geben, einen Sinn im Leben!

Ich träum', ich versäum'
Das zu nehmen
Was das Leben kann mir geben.
Das Paradies im Kleid der Liebe
Verläuft sich stets wie Sand im Siebe.
Nein das willst' nicht glauben
Ich lass' mir meine Träume,
Meinen Lebensmut nicht rauben!

*Bary S.R. Pradelski (*1986)*

Abschied im Winter

Hast mir noch vor kurzem zur Seite gestanden.
Hast mich immer aufgeweckt.
Bist mit mir immer nach Hause gekommen.
Hast mir immer die Hand geleckt.

Warst immer da, wenn ich dich brauchte,
Doch der Schnee verwischt deine Spur.
Wie lang bist du nun schon eigentlich fort.
Qualvoll der Blick auf die stumme Uhr.

Hab dir lang noch nachgeweint.
Stand bei dir am kalten Grab.
Hoffentlich ist das nur ein Traum.
Damit ich dich bald wiederhab.

Der Schnee liegt still über deinem Körper.
Bedeckt dich, wie ein Leichentuch.
Bin leer und sehe den Sinn nicht mehr.
Bin nun allein und ausgelaugt.

Die blutrote Sonne steigt kühl am Himmel auf.
Die kalte Luft streichelt das Gesicht.
Ich verspreche dir ich gebe nicht auf.
Denn sterbende Hoffnung gibt es nicht.

Björn Prehna

Zwiesprache

Dass Du So Früh Gehen Würdest
Konnte Niemand Ahnen
Es Hat So Weh Getan
Dies Schicksal Zu Erfahren

Die Welt Wurde Plötzlich Zu Eng
Jeder Herzschlag Wie Ein Donnerschlag
Lang Konnte Ich Nicht Begreifen
Für Dich Folgt Kein Neuer Tag

So Viele Gesten Nicht Getan
So Viele Worte Bleiben Stumm
Das Einzige Was Bleibt
Ist An Dich Die Erinnerung

Ohne Ein Wort Des Abschieds
Bist Du Fortgegangen
So Viel Wollte Ich Dir Noch Geben
Jetzt Ist Es Immer In Mir Gefangen

In Der Blüte Deines Lebens
Aus Unserer Mitte Gerissen
Wie Oft Weine Ich Auch Heute Noch
Heimlich In Mein Kissen

*Marisa Prohl (*1966)*

Impressionen über Toccata und Fuge d-Moll von Johann Sebastian Bach

Monumental erheben sich der Orgel Töne
in königlicher Eleganz.
Gewaltig und kraftvoll Klänge quellen
bis zur Resonanz in harmonischer Vollendung.
Tiefe Furchen ziehst du in meine Seele,
die gepflügt.
Schmerz, Hoffnung, Zuversicht –
du führst mich in unaufhaltsamer
    Geradlinigkeit
an Abgründen vorbei, nach oben strebend
in Höhen schwebend,
Musik erfüllet Raum und Zeit
dem Schöpfer zur Ehre!
Im Schlussakkord meine ich
einen Hauch göttlicher Freiheit zu spüren.

*Annemarie Karola Quellmalz (*1950)*

Dayan

Ebenholz Elfenbein
Bänder bunt und Perlen
Holz und Stein
Feder Muschel Glas und Gold
Farben Farben

Ihr Gang Musik
das ganze alte Afrika
in ihren Augen
die Lauterkeit der Genesis

Dayan

dich zu beneiden
um dieses Stückchen Paradies
das deine Aura krönt
ist eins

das andere
die Furcht
dass dieses Stückchen Paradies
Hehlern verfällt

*Friedrich Recknagel (*1941)*

Das Unverzichtbare in meinem Leben

Auf was kann ich verzichten?
Auf dich natürlich nicht,
auf Sonne, Liebe, Güte, auf Demut,
all das worauf mein Herz anspricht,
all das brauche ich!

Gedanken an Menschen, die mich heute begleiten,
die in mir wohnen,
auch aus vergangenen Zeiten.
Sie sind ein Leitbild auf meinem Weg,
mit euch gehe ich liebevoll auf des Lebens Steg.

Mein Garten, mein Teich,
einen Blick in mein Grün,
Wolken, die an meinem kleinen Paradies
wortlos, friedvoll vorüberziehen.
Glück, Zufriedenheit, Stille, ein Moment,
all das ist unverzichtbar für den, der dieses
Gefühl kennt.

Verzichten kann ich auf so viel,
das Unverzichtbare, dieses wunderbar Einfache,
war und bleibt immer mein Ziel.

*Bärbel Reeh (*1947)*

Unerwartete Einblicke

Sorgen des Alltags werden einige Zeit
zurückgelassen.
Erhaben widmet sich die Seele Momenten des
Glücks.
Himmlische Schönheit sich dem inneren Auge
eröffnet.
Erlebnisse und Abenteuer ganz anders, als
gewohnt.
Nichts ist unmöglich und sichtbar wird alles,
was du willst.
Sich ganz der Fantasie hingeben, ohne es je zu
bereuen.
Wege zeigt die Seele, die nicht nur
Erinnerungen offenbaren.
Überraschend tauchen Lösungen auf, für
schwierige Probleme.
Rätsel sind keine mehr, und niemanden
können sie schaden.
Die Ursache für Hindernisse im Leben werden
aufgezeigt.
Innere Gesundheit lässt auch den Körper
Wohlbefinden spüren.
Glaube an sich selbst, hilft alle Schranken zu
überwinden.
Komplizierte Dinge lassen sich hier ganz
einfach erklären.

Erkenne, dass was Innen zu sehen ist auch
Außen möglich ist.
In dieser Welt gibt es, was gebraucht wird im
Überfluss.
Traue der inneren Stimme, sie spricht immer
die Wahrheit.
Erholt und gestärkt gehst du ins Leben des
Alltags zurück.
Nun ist es Zeit, dies gute Gefühl mit allen
anderen zu teilen.

*Kay Reibsch (*1964)*

Die Stofftaschentücher breite
Ich aus und lege damit
Das Schlafzimmer aus.
Und darauf stelle ich seine Pornos
Und Orgonstrahler und Schulter-
Klappen mit 4 Sternen.
Unten in der Küche stelle ich
Die Töpfe auf.
Und Tupper und Tomaten.
Lege eine in den Eukalyptus.
Fliegenfänger klebe ich zwischen
Dieses Zeug und steige
Barfuß durch;
Die Haustüre absperren.
Und lass den Schlüssel innen stecken.
Die Balkontür mach ich zu.
Dann mach ich mein Fenster auf und
Setz mich in die Dachrinne.
Mit Kirschen.

*Ines Reichert (*1984)*

Der 11.September

Hasten und eilen, Menschen verweilen,
sehen an Türmen New Yorks empor.
Die Sonne spiegelt in gläsernen Scheiben
ein duftiges Wolkenband schiebt sich davor.

Am zartblauen Himmel in weitem Bogen
schwebt silbern ein Flieger zum Tower herbei.
Ein Krachen, ein Heulen, es spritzen die
Mauern,
Rauchschwaden hüllen den Turm nun ein.

Glasscherben prasseln und Mauerbrocken
erschlagen wer nahe am Tower stand.
Ein blutender Mensch, zerfetzt seine Glieder
kommt, und greift wankend nach deiner Hand.

Die Menschen rennen verstört aus den Toren,
Herr hilf uns, da oben sind alle verloren.
Sie springen aus Fenstern, sie wollen nicht
sterben
zerschmettern ihr Leben in den Scherben.

In dein Bewusstsein sickert langsam herein,
das ist kein Zufall, das sollte so sein.
Die Seele erfriert und wir trauern,
schwarz quillt der Rauch aus zerborstenen
Mauern.

Anita Reiser

Kommen und Gehen

Es ist ein Kommen und ein Gehen
Manchmal auch ein Verweilen
Mit Hast oder in Geduld
Mal auch ohnegleichen.

Es ist ein Rückblick und ein Vorblick
Manchmal nur auch trübe Sicht
Mit Wehmut oder in Frohsinn
Mal auch mit beidem.

Es ist ein Schritt, mal vor oder zurück
Manchmal auch ein Stehen,
Mit Schnelligkeit oder in Langsamkeit
Aber es ist ein Leben.

Es sind Spuren, die bleiben
Und die noch kommen werden.
Beides nicht immer einfach ist.
Das Woher und Wohin,
Beides manchmal ungewiss,
Doch gehen werden wir wohl immer,
Denn dafür sind wir da!

Ines Claudia Rettenberger

Die Jahreszeiten – eine Sinnspur

Welch ein Glück, daß wir in Breiten wohnen
wo Jahreszeiten Regel sind
und nicht in den Äquatorzonen
wo ein Tag wie der andere
gleichförmig abläuft und verrinnt.
Des Menschen Lebenszeiten sind ablesbar
an Frühling, Sommer, Herbst und Winter,
die uns erfreuen jedes Jahr:
Erwachsene und Kinder.
Mit Blühen, Reifen, Fruchten, Tod
sind sichtbar eingebunden
wir als Teil in die Natur.
Allein die Frage nach des Lebens Sinn, nach
Gott
hebt uns heraus aus dieser Spur.
Die Sonderstellung verleiht uns unser Geist,
mit dem wir Gott, den Urgrund allen Seins,
berühren.
Gott, der ein ewig Leben uns verheißt.
Er läßt uns die Natur im Wandel spüren –
und der uns alles, was Er schuf, auch gibt.
Warum? Weil Er uns liebt.

*Irmgard Rettler (*1927 †2006)*

Abend am Müssenberg

Mein Herz blutet.
Deine Liebe hält
die Wunden offen. –

Mein Blick geht hinunter,
dorthin, wo meiner Mutter Wiege stand.
Die Gedanken verschwimmen.
Der Schmerz verschmilzt
Vergangenes, Gegenwärtiges und Zukünftiges
zu einem Bild in der Unendlichkeit. –

Ich suche dich,
doch meinen Augen
bleibt das Ziel verschlossen. –

Da liegt es vor mir,
das Land, das mir in Kindertagen
Heimat bot.
In meinem Rücken
still der Wald, dem Vater, Mutter, Schwestern,
und du und ich mit unseren Kindern
Gepräge gaben
durch unserer Hände Arbeit.
Der Segen Gottes
war Begleiter
mühenvollen Tuns.
Offen ist dies Land,
das wir ererbt
und liebend

in Besitz genommen
und mehrten,
der Zukunft zugewandt.

Der Tod
setzt nunmehr neue Zeichen,
die Hab und Gut
ins Irdische verweisen,
wo sich die Zeit begrenzt
und allem Tun und Planen
Vorläufigkeit verleiht. –

Mein Herz blutet.
Nur in deiner Liebe
können die Wunden heilen.

*Josef Rettler (*1927)*

Abend mit mir

Manchmal
Tut es gut
Gemeinsam mit der
Einsamkeit
Ein stilles Fest zu feiern
Nur sie und das Selbst einzuladen
Um aufzuspüren
Was im Innersten
Zu vergessen droht

Ferne Gedanken
Träume
Die im Alltag schon ergrauten
In neuen Farben malen
Einer Musik lauschen
Und durch den Raum tanzen
Ein Glas Wein trinken
Mit Dir
Du wunderbare Einsamkeit

Und schwebend
Gleiten meine Gedanken
Durch das nächtliche All
Schwerelos
Bin ich wieder in mir
Finde ich zurück
Finde ich
Mich

*Dorit Richter (*1960)*

Der Pass

Es ist der falsche Pass.
Er ist ordentlich gearbeitet, wir haben ihn
Aufs Genaueste untersucht aber
Er ist nicht der richtige, angemessene
Uns zustehende Pass.
Trotzdem gehen wir.
Was sonst können wir tun
Als nun ganz fest zu glauben dass
Es der richtige sei?

*Regine Richter (*1951)*

Kleiner Abendsegler

Wenn sich die Abendsonne neigt
und das Dunkel langsam steigt,
wenn Motten fliegen in das Licht,
und der Abend nun anbricht,

dann ist die Zeit der Fledermaus,
dann fliegt sie in die Dämm'rung raus.
Sie liegt nicht lange auf der Lauer;
ein Loch hoch oben in der Mauer

ist ihr Startpunkt und ihr Ziel.
Schwül der Abend, Beute viel,
stürzt sie sich der Schwalbe gleich
hungrig in ihr Dunkelreich.

Flattert, stürzt und segelt schnelle,
bleibt nicht lange auf der Stelle.
Du Abendsegler, putzig klein,
sollst lange meine Freude sein.

Sonja Riesmeier

Himmelsgruß

Engelflügel – zarter Hauch – wie im
Sphärentraum
nähert deiner Seele sich – gibt ihr endlos Raum
hüllt sie in Gewänder ein aus des Himmels Licht
schenkt ihr Augenblicke lang göttlich klare
Sicht
Engelflügel – sanfter Trost – wie aus ferner Zeit
nähert deinem Herzen sich – lindert tiefes Leid
lässt dich spür'n Geborgenheit aus der lichten Welt
wie in sternenklarer Nacht unterm Himmelszelt
Engelflügel – tiefer Schutz – ohne Schwerterklang
nähert deinem Wesen sich – himmlischer Gesang
weist dich auf Vollkommenheit aus der
Schöpfungsmacht
zeigt dein wahres Wesen dir, liebevoll und sacht
Engelflügel – warmes Licht – schimmernd
zarter Tanz
nähert deinem Dunkel sich, füllt es an mit Glanz
währt Vergebung ewiglich aus dem göttlich Quell
strömend durch Gemüt und Leib, leuchtend
licht und hell
Engelflügel – Himmelsgruß – wie ein sanftes Weh'n
nähert deinem Dasein sich – kosmisches Gescheh'n
segnet dich und deinen Weg – jeden Augenblick
führt dich ohne Unterlass zu dir selbst zurück

Regina Rimkus

Sehnsucht

Auf den Flügeln einer Taube
Möcht' ich schicken
Meine Gedanken
In die Vergangenheit zurück,

Um den Becher
Mir zu bringen,
Aus dem man trinkt
Das Glück.

Ich trank einst aus jenem Becher,
Jedoch nur einen Schluck;
Ich meinte, dass dies reichte,
Und stellt' ihn dann gleich zurück.

Heut sehn' ich mich nach jenem Becher,
Und fühlt' ihn so gern an meinem Mund;
Meine Gedanken, sie wollen gehen
Immer nur zu ihm zurück.

Doch werd' die Taube ich wohl niemals
schicken
In die Vergangenheit zurück,
Aus Furcht, sie könnte bringen
Die Gedanken von dort nicht mehr zurück.

Bernd Ringwald

Mein vorletztes Gedicht

Ach, ich wollt' als Teil der Schöpfung
diese Schöpfung menschlich leben.
Ach, ich wollt' in dunklen Rätseln
unbeirrt zum Zielpunkt streben.

Ach, ich bin der Menschen müde,
bald auch meiner ganz und gar,
weil der Plan im Allgefüge
allzu großer Anspruch war ...

Ach, es ist. Ist wie es ist.
Und es bleibt, was absolut!
In der menschlichen Begrenzung
scheinen wir ein fraglich Gut:

sterblich an Natur gebunden,
Baustein der Verwandlungsform,
tastend wähnend und sich fühlen
in beklemmender Mission.

Unausweichlich eingeschworen
in Lektionen ohne Ende
bin ich Stoff der vielen Schichten,
wo ich gern zum Urgrund fände.

*Ursula Roeder-Wolf (*1929)*

Vom blauen Himmel die Sonne lacht

Der Frühling ist eine schöne Zeit,
die Sonne wärmt ein Blütenkleid.
Ein Sprießen in der Natur beginnt,
der letzte Schnee so langsam zerrinnt.

Im Sommer reift die Frühjahrssaat,
durch's Blumenfeld ein Bienenpfad.
Die Wärme nach einem Gewitterguss,
umhüllt die Schale einer Haselnuss.

Im Herbst die Störche, die wir behüten,
sie ziehen ab nun in den warmen Süden.
Die Vorboten der nahenden Winterszeit,
es tanzt der Wind in einem bunten Kleid.

Der Winter wird all die Kinder locken,
mit seinen, ach so dicken, Schneeflocken.
Mit Ski und Schlitten zur Schneeballschlacht,
vom blauen Himmel die Sonne lacht.

*Bernd Rösiger (*1955)*

Der Jahreslauf

Wenn die Weidenkätzchen blühn,
die Vögel nach dem Norden ziehn,
singen wir halleluja,
denn der Frühling ist jetzt da.

Bricht der Sommer dann herein
mit viel Wärm und Sonnenschein,
freut sich jeder, auch mein Schatz
auf einen schönen Schattenplatz.

Goldner Herbst, welch eine Wonne
scheint auch öfter noch die Sonne,
reifen Obst und Wein heran,
dass man Erntedank feiern kann.

Winterzeit ist auch sehr schön,
da kann man Schlittenfahren gehen,
keiner bleibt allein zu Haus,
denn das Jahr ist nun bald aus.

*Melanie Rumschinski (*1980)*

Abschied

Ich halte deine Hand
Und folge dir
Mit dir entweicht mein Herzenslicht
Ich folge dir
Hinter die Lebensbühne
Spiegel splittern meiner Augen tiefe Seen
Ich geh wohin du gehst
An deiner Hand
Ich folge dir
Dein helles Lachen trägt mich, wiegt mich
Deine Schönheit schmerzt mich mehr mit jedem Atemzug
Ich folge dir
Halte dich fester
Engumschlungen sich dein Duft in mir verflüchtigt
Du möchtest ruhen hier
Und ich mit dir
Als ich erwacht, da warst du fort
Jedoch die Liebe war bei mir
Hielt meine Hand
Und sprach:
Ich folge dir

*Alexandra Sabitzer (*1967)*

Achtung, es wird geblitzt!

Die Polizei mit großen Mühen
sucht jene Rowdys zu erziehen,
die rücksichtslos – man ist doch wer –
Gefahren erzeugen im Straßenverkehr.
Man passt doch nur in diese Zeit
mit Power und Geschwindigkeit!

Die Polizei-Aktion verliert,
weil sie der Rundfunk sabotiert.
Man meldet pünktlich jedes Blitzen.
Was kann das Ganze da noch nützen?
Sie pfeifen auf die Unfalltoten,
die Werbung fordert Einschaltquoten!

Die Toten und Krüppel zahl'n dafür die
Zechen.
Die Freiheit ist gut, aber nicht für Verbrechen!
Warum der Staat dabei nichts tut?
Meint man wohl gar: Es ist schon gut,
denn jeder Tote im Straßenverkehr,
der braucht ganz bestimmt keinen Arbeitsplatz
mehr!??

An die Polizisten wird auch nicht gedacht,
die werden ganz einfach „zum Affen“ gemacht.
Nun frag' ich bei dem „Rechtsstaat“ an,
wie man so etwas dulden kann ! ? ? ?

*Heinz Säring (*1935)*

grammatik im deutschunterricht und trotzdem ein politisches gedicht

ich bin arm
du bist arm ...
wir sind arm
ich bin ein arm
du bist ein arm ...
wir sind arme
ich bin der arme
du bist die arme ...
wir sind die armen
ich bin ein armer
du bist eine arme ...
wir sind eine armee!

*Yusif Savalan (*1948)*

Spaziergang im Moor

Wer wagt es, die Stille zu stören,
hier auf den heiligen Pfaden?
Schweig! Dein Schritt ist Hall genug.
Hör auf die Botschaft der Bäume,
Blätter rascheln ans Ohr.
Wind singt sein Lied, und du lauschst,
spielt Harfe auf schlanken Gräsern.
Da, der Schrei des Bussards
durchbricht die Stille..
Dein Blick sucht den Himmel…
Sonne schickt bleiches Licht durch den Nebel.
Du zögerst, verhältst den Schritt,
horchst ins Moor
und versuchst zu verstehen…

*Petra Schandl (*1949)*

Von Flügeln getragen

fühle ich mich weich gebettet
und geborgen in mir selber.
Die Nacht ist durchstanden,
begleitet wohlwollender Klänge,
die mich wissen lassen,
es wird kommen eine neue Aufgabe,
die mich zutiefst befriedigen wird.

Ich bin angekommen,
in mir selber ruhend,
neu bestückt in zielgerichteter Balance,
einem Ausgewogensein innerer und äußerer
Kräfte.
Glauben stützt sich ab in einem Nichtstun,
das mich schöpfen lässt.

Gemeinsamkeit wird Wirklichkeit,
Austausch eine Selbstverständlichkeit,
gegenseitige Achtsamkeit ein Muss,
mündet in wahre Verständigung und
Begegnung.

*Marianne Schätzle (*1953)*

Ik frei mi

Ik frei mi to een Sünnenstrahl
de dör griese Wulken winkt.
Ik frei mi to een lüttjen Steern
de an 'düstern Häven blinkt.

Ik frei mi to een Rägendrüpp,
de so sacht de Schiev daalrinnt.
Ik frei mi to een lüttje Bloom,
de ümmer noch dat Bleih'n winnt.

Ik frei mi to een lüttje Sneeg,
de togsam den Padd langs slickt.
Ik frei mi to een Ogenpaar,
dat lücht un mi Hopen schickt.

Ik frei mi aver ok to 'n Wind,
de mal ruuch mal sachen weiht.
Ik frei mi, wenn he mi keddelt,
at wenn 'n Kinnerhand mi eiht.

Ik frei mi to een warme Hand
de sik mal up miene leggt.
Ik frei mi, wenn 'n t mal sinnig is,
ok dat Freide in sik dräggt.

Marianne Scheelken

Kinderwelt

Kinderhände,
zu klein
alles zu fassen.
Kinderseelen,
so groß,
ganze Welten
umarmen zu können.
Noch Zeit
Für Märchen, Träume,
eigene Gedanken.
Zarte Halme,
sich reckend,
ein junger Baum,
der Sturm noch nicht da.
Alles noch möglich,
das Erwachen,
das Erwachsene
später.

*Elisabeth Schillert (*1950)*

Das Schmerzreiche Geheimnis

Es scheint, als wäre Christ trotz Seiner Macht
Vor dem Blick der Gorgonen nicht gefeit.
Erhöht über die Erde weilt Er hier.
Aus Seinen Wunden – grünes, kühles Moos.

Das zweischneidige Schwert in Seinem Mund
Erweist sich als ein stummer Todesschrei.
Die Dornenkrone drückt Ihn bitter schwer;
Kalt sind sein Leib, die Nägel und das Kreuz.

Kein Stab des Moses ist des Römers Speer;
Kein Blut, kein Wasser quellt aus diesem
Stein.
Als Toter unter Toten hängt Er da
Und unbesiegelt bleibt der Neue Bund.

Für immer hängt Er tot an diesem Kreuz
Und weder Gott noch Mutter steht Ihm bei.
Der dritte Tag verwest ereignislos.
Der Vorhang riss und legte das Nichts frei.

*Dirk Schmid (*1977)*

Abschied

Du küsstest die Rosen und warfst sie ins Grab
Den Strauß in die frische Erde hinab.
In die Erde, die alles umhüllt .
Ein Leben es war nun erfüllt .
Nahmst Abschied in ehrlichem Frieden.
Die Hoffnung nur ist Dir geblieben,
Trotz Tränen, die rannen herab,
Als Du standest am teuren Grab.
Getrocknet vom tröstenden Wort,
an diesem so heiligen Ort.
Feierlich klang es und neu:
„Der Herr ist den Toten stets treu“,
Der Schöpfer des Guten und Wahren,
Der tröstet und Trost gibt an Bahren.
Es leuchtete Dein goldenes Haar,
Der Himmel war friedlich und klar.
Die Tränen perlten auf Wangen.
Du warst von Trauer umfangen.
Du küsstest die Rosen und warfst sie ins Grab,
Den Strauß in die frische Erde hinab ...

*Manfred Schmidt (*1941)*

Jahreszeiten

Frühling, Sommer, Herbst und Winter
so verschieden und doch unsere Kinder!

Der Frühling
erblüht in schönster Weise, läßt neues Leben
beginnen,
bewegt sich immerzu auf heiteren Schwingen.
Oh Nachtigall: Laß uns gemeinsam singen!

Sommer,
Sonne buntes Treiben, des Menschen
Fröhlichkeit soll Freude verbreiten.
Ein Fest der Sonne kann beginnen, bringt
jedes Herz zum Erklingen.

Der Herbst
bringt Sturm und Regen, für uns Menschen
nicht immer ein Segen.
Die Natur im Wandel der Zeit zeigt uns immer
wieder, ihr neues Kleid.
So wechselt der Herbst hinein in den Winter
hüllt uns ein im warmen Raum,
fast so als wäre es, ein ewiger Traum.

Frühling, Sommer, Herbst und Winter
so verschieden und doch unsere Kinder!

*Birgitt Schmiedel(*1959)*

Der elfte September 01

Ein einziger Tag nur veränderte die Welt.
Islamisten – Terroristen, apokalyptische Reiter
flogen mit entführten Passagierjets einen
Angriff auf die Zwillingstürme des
World Trade Center, New York,
goldenes Urbild von Handel und Wandel.

Nachtschwarze Wolken, unheilvoll. Feuer
barbarisch lodernd; Funken sprühend.
In den einstürzenden Türmen drängten
sich die Menschen gequält die unendlich
scheinenden Treppen herab, ausgeliefert.
Ungläubige sind wertlos.

Ein verstörender Handy-Hilferuf.
Islamisten – Terroristen vollendeten wohl
vorbereitet ihr Werk: Nahezu 3 000 Menschen
starben, auch viele Helfer.
Der Friede getötet. Amerikanischer
Lebenswille wird überdauern.

Doch weitere schreckliche Bedrohungen sind
manifest und so nah, die Schatten.

*Marion Schmurr-Ergun (*1927)*

Der 11. September

An diesem Datum, schreckensgleich,
mit einer Flut an Todesszenen,
stießen Terrors Pfeile in Friedensreich,
vorbei schien es mit dem, was wir ersehnen.

Religionen der Welt, in Toleranz vereint,
begraben unter Tonnen Sprengstücke,
es gibt kein Herz, das nicht um sie weint,
um die Opfer der terroristischen Tücke.

Doch Millionen Tränen waschen hinfort,
die Angst und die Wut der Trauernationen,
dann fruchtet irgendwann an diesem
 Schreckensort,
der Keim der Hoffnung, er wird und belohnen.

Alle die unseren Friedenweg zerstören wollten,
sie hatten nur kurz unsere Seelen mit
 Verzweiflung geschwängert,
denn der Weg des Friedens, den wir immer
 schon gehen sollten,
wurde nur um ein paar Schritte verlängert!

*Patrizia Schneider (*1971)*

Agende

Torheit
tänzelt sorglos umher,

Klugheit
grübelt gedankenschwer,

Angst
steigt aus dem tiefen Meer,

Not
schreit das Haus leer.

Als das Morgen begann
vages Hoffen zerrann,
stob mit dem Winde dahin:

Angst und Not
bringen dem Tod
makabren Gewinn.

*Ingeborg Schönberg-Lothholz (*1925)*

Ostertreffen

Der Morgen ist noch klar und kalt
an diesem schönen Tag,
dichter Nebel steigt aus dem Wald,
leichter Frost noch auf den Wiesen lag.
So schreite ich weiter Stund und Stund
begleitet von der Vögel Gesang,
ein liebliches Lied erklingt aus meinem Mund,
voran mit Elan denn der Tag ist noch lang.
Das Murmeln des Baches an meinem Weg
erfreut mein Herz und Gemüt,
eine kleine Rast nur an hölzernen Steg,
doch schon bald es mich weiter nach Hause
zieht.
Ein jeder kommt von fern und nah
zum Kreis der Familie daheim,
auch ich bin nach ewiger Zeit wieder da,
zum Fest sollen alle glücklich sein.

*Frank Schöning (*1960)*

Küche und Keller

Was Küche und Keller zu bieten haben
ist oft mehr als Speis und Trank:
Alte und neue Tassen,
stöbern in dem Schrank.
Hier findet sich manch' Sammlerstück
aus alten Tagen voller Glück –
Erinnerungen aus fernen Tagen,
zu schade, um sie zum Flohmarkt zu tragen.
Vieles ging bereits verloren,
anderes ist für später auserkoren:
Kinderschlitten, Karnevalskostüm,
vielleicht ein Möbelungetüm;
Kuchenteller, Kaffeekanne,
von dem Opa eine Zange.
Daran hängen alte Geschichten,
ganz unmöglich, darauf zu verzichten!
Und so füllen sich die Regale,
betrachtet und auserwählt von Mal zu Male.
Vorräte machen zur Notzeit satt:
Wohl dem, der Küche und Keller hat.

*Gabriele Schramke (*1954)*

Schmerz

Tönendes Glas, zerspringend Metall –
Scherben des Unglücks, qualvoller Schall.
Klingende Scheide im Festgewand –
scharfes Messer der Glut sich entwandt.
Reißendes Ruder, ziehend Gebälk –
Schauplatz des Kampfes, tiefes Gewölk.
Lichtender Nebel im Rosenkranz –
ehr'ne Ruhe eröffnet den Tanz.

*Birgit Schröder (*1953)*

Geh weiter...

Geh weiter und bleib nicht stehn.
Sei mutig, nur dann wirst du sehn
was dir das Leben jeden Tag schönes kann
geben
und bereithält, bei all deinem Streben.

Vertrau darauf, so schlimm's manchmal ist
und du dann meinst, dass Gott dich vergisst.
Glaube daran, selbst wenn schwer es dir fällt,
es kommt wieder Licht in deine Welt.

Vergiss was geschehen und was einmal war.
Vergebe, verzeihe, erst dann wird dir klar
dein Weg ist bestimmt, es sollte so sein,
du wurdest beschützt, bist niemals allein.

Lern dich zu verstehen, tu endlich dir gut.
Den Andern loslassen, erfordert viel Mut,
doch dann bringt es Nähe, Geborgenheit, Glück.
Es geht nicht so schnell, jeden Tag nur ein Stück.

Verfolge dein Ziel, gebe nicht auf.
Egal was auch kommt, es geht mal berg- rauf
und eines Tages, du wirst es schon sehn,
wird endlich dein Traum- in Erfüllung gehn.

*Sieglinde Schuda (*1950)*

Am Gardasee

Ich saß einmal am Gardasee
versetzt in gute Laune
und sah ein Wunder, über das
auch heute ich noch staune.

Am Ufer lang flog eine Fee
mit einem Schweif aus Seide.
An seinem Ende war ein Kreis,
er war so weiß wie Kreide.

Dann leuchtete das Traumbild auf
in einer hellen Flamme,
auf eine ganz besondere Art,
wie eine Gold-Reklame.

Sie schwebte weiter wie ein Hauch
begleitet von zwei Wolken,
und ich bekam auf einmal Lust
dem Phänomen zu folgen.

Ich sprang von meinem Sitzplatz auf,
die Schönheit zu berühren,
doch ihre Augen sagten mir,
sie wolle mich entführen.

Es überkam mich plötzlich kalt,
hab mich zurückgezogen.
Doch sie verschwand als dünner Hauch
unter den gold'nen Wogen.

*Walter Schüle (*1933)*

Traum

Mein süßer Traum;
Du tust so wohl,
Ich möcht Dich immer träumen.
Du bist so warm, wie Frühjahrswärme.
Wie bunte Blumen.
Wie Schmetterlinge, so farbenfroh.
So prächtig wie Seidengewänder,
so zart wie Samt und Seide.
Oh, Du hast so viele Seiten;
man kann es nicht beschreiben.
Doch fühlen; kann man es; mit allen
Sinnen.

*Monika Schüler (*1957)*

Es wird Winter

Sonnendurchflutete Kälte
Tage kurz und Nächte lang
Wetteränderung
Wechsel der Jahreszeit
Es wird Winter

Beheizte Räume
Sommersachen verstaut
Kleidungsänderung
Wechsel der Schuhe
Es wird Winter

Nasser Schneegriesel
Autoscheiben kratzen
Klimaanlage
Wechsel der Temperatur
Es wird Winter

Entgegenlachen der Kälte
Im Wintermantel mit Stiefelchen
Fröhliches Scheibenkratzen
Lichtwechsel auf Kerzenschein
Winterfrohe Hüttenstunden kommen

*Christina Schulz (*1959)*

Ein Jahr wird geboren

Ein Jahr wird geboren
Liebe geschworen
Hoffnung geweckt
Leben entdeckt.

Ein Jahr wird kommen
Zweifel genommen
Zauber enthüllt
Verlangen erfüllt.

Ein Jahr wird sein
Gefühle so rein
Leidenschaft brennt
Zeit die rennt.

*Sibylle Magdalene Schulze (*1952)*

An Dich Genius

Was ist mir denn schon geblieben?
Nicht mehr als nur ein vager Traum.
Erhöre mich, du unsichtbarer Schatten,
Der du mich in dieser Nacht hast aufgesucht.

Frohlockend ist der Stimme süßer Klang,
Welche liebreizend zu mir spricht.
Erwacht ist eine Sehnsucht still,
Die mich nicht walten lässt, noch ruhen.

Woraus hast du dich erhoben,
Geist, der du meine Seele vollends füllst?
Betrachte und ergebe dich der Welt,
Die aus meinem Willen ist geboren.

Genius, aus tiefem Schlaf bist du erwacht
Und die Schöpfung liegt zu deinen Füßen.
Nun gestalte nach Belieben,
Im Zeichen deiner Herrlichkeit.

*Jörg Schulze-Neuhoff (*1976)*

Kreuzerhöhung

Täglich wird das Kreuz erhöht,
überall auf unserer Welt.
Das Kreuz der unschuldig Leidenden,
fest in die Erde getrieben,
festgemacht mit den Keilen der Hoffnungslosigkeit.
Sie hängen an ihnen,
sie zappeln, sie weinen,
sie schreien vor Wut.
Lebendige Leichen, wir alle,
und atmen den Gestank des Todes.

Ach, käme doch die Göttliche Hand
und löste unsere Nägel!
Doch: wohin würden wir fallen?
Auf die blutige schwarze Erde und in das Grab.

Laßt uns aushalten, Brüder,
und die frische Brise der Gnade atmen,
hocherhöht an unseren Kreuzen.

*Dorothea Maria Schütz (*1961)*

Nagybaracska

Kennst du das Dorf im Land der Magyaren
Wo im Süden die Puszta beginnt
Störche nisten, Akazien blühen
Von einem Donauarm umringt

Kennst du das Dorf im Land der Magyaren
Wo jederm(M)ann angeln darf
Frösche quaken, Hunde bellen
Die Fischsuppe rot und scharf

Kennst du das Dorf im Land der Magyaren
Wo eine warme Quelle fließt
Heilendes Wasser, Badefreuden
Jeder jeden freundlich grüßt

Ich kenne das Dorf im Land der Magyaren
Wo schilfgedeckt mein Häuschen steht
Abendstille, Sternefunkeln
Hier will ich sein, solang es geht.

*Gloria Seifert-Klein (*1943)*

Isakado

In Gedanken male ich
dein Gesicht
und weiß gar nicht
wie du heißt.

Seh dich nicht,
hör dich nicht,
aber fühlen,
fühlen kann ich dich.

Fühl mich nah bei dir
und immer näher
kommst du mir
kommst du uns.

Schwirrst jeden Tag
durch meinen Kopf
und in mein Herz,
welches ungeduldig schlägt

und daran denkt, dich bald
im Arm zu halten,
um dich nie mehr
loszulassen…

*Tobias Seitz (*1976)*

Dieser Rhythmus

Diese Bände,
diese Schwüre auf ewigliche Treue und
Glückseligkeit,
sie winden sich mir um die Brust und um mein
welkes Herz.

Und die Zeit drängt mich schon zu nächsterem
Termine,
unfrei und gebunden steh und wandle ich in
dieser Welt umher. –

Dieser Rhythmus,
unweigerlich verflochten haben wir uns, sein
Takt schlägt in mir seinen eigenen Reim,
er lebt in mir – dieser Rhythmus,
dieser imaginäre Druck, er ist mein Laster von
drangvollstem Range!

Sehnsucht ergreift mein Herz, Träume wallen
in mir auf; –
Ich suche den Horizont, etwas Festes und
Markantes im Leben!

*Sabine Thekla Sellig (*1990)*

Herbstabend in Prag

Wehe mir, Westwind!
Mein Mut verebbt
an den kahlen Bohlen
im schäumenden Fluss ...
und der Jazz treibt
alle Blütenlust hinweg.

Ich werfe meinen Anker
in die Melancholie
dieser Stunde
blauer Verfrorenheit.

*Susann Sendker (*1956)*

Im brennenden Dornbusch

Im brennenden Dornbusch
ein Duft von Jasmin
stärker als Weihrauch und Myrrhe
lächelt die Träne dem Täter
in ewiger Unschuld.

*Albertina Edith Sennlaub (*1942)*

Flügelschlag

Zeit erhabener Blick in hoffendes Blau.
Reisebeschreibung mit durchsichtigen
Gedanken.
Raumbedeutung mit Augenblick.
Gelesene Seiten weiser Bücher.

Leichtigkeit auf sicherer Erde.
Wehende Blätter in Ästen.
Reifezeit durch Wolkenflug.
Nährender Regen aus hohen Lüften.

Die gewebten Schleier zerreißen.
Das Gedicht von Luft schwebt in den Seelen.
In der Farbe erscheint das Sichtbare.
Die Haut erfährt Berührung und Treue.

Das Schweigen ist leises Wehen.
Ein Orkan ist wie lautes Flüstern.
Beschreibend erzählen die Sterne einen Weg.
Nichts ist weiser als klare Luft.

Geöffnet kreisen die weiten Schwingen.
Der Wind blättert im Leben.
Die Sonne erhellt das Wort der Stimmen.
Der Flug lebt im Gehen auf Erde.

*Josef Setz (*1962)*

Das war ein Tag

Sie ist alt … und doch heiter, also jung
Und herzenslieb wie ein Kind.

Ohne Brille liest sie Buchstaben und die
Schönheiten der Natur
Künstlerisch beschreibt sie die schönsten
Worte der Natur
Hat noch eine Zunge, etwas zu sagen
Hat noch einen Kopf, etwas zu schaffen
Und ein Herz, etwas zu lieben.
Ihre Hände, die langsam, zaubern noch
manchen Zaubertrick.

Sie war krank und schwach, körperlich,
Aber gesund und stark, geistig.

Das war ein Tag! Wintertag,
Sonnig und hell, aber windig.
Gewindet kalt, mal schwach, mal stark,
Mal von hinten, mal von vorn.

Wir waren spazieren gegangen.
Fest hat sie genommen meinen Arm.
Langsam und langsam auf der Straße schritten wir.

Unterwegs gegen kalte und starke Winde
Manches Mal musste ich sie schützen.
Wenn ich sie umarmte, lachte sie herzlich.

Ein paar Tage sind vergangen,
Aber in meinen Ohren noch immer klingt
Das herzliche Lachen
Verrät mir der Kunst- Welt Geheimnis
Und einer Künstlerin geheimnisvolles Herz.

Das war ein Wintertag,

Sonnig und hell.

*Azim Shahbal Nawabi (*1935)*

Novembernebel

Nebel im November
November im Nebel
Novembernebel zieht wolkengleich
Den grauen Vorhang zu
Vor meinen Blick, nimmt mir die Sicht.

Konnt' eben noch alles erkennen;
Konnt' alle und alles benennen:
Den Baum, das Haus, den Weg, den Freund.
Nebel im November
November im Nebel.

Im Novembernebel scheint mir verhüllt
Und schemenhaft
All' das, was vorher ich erkannt
Und all' die, die vorher ich gekannt
Im Novembernebel.

November im Nebel
Im Novembernebel siehst du den anderen
Nicht mehr,
Und er sieht dich nicht mehr,
Verhängnisvoller grauer Novembernebelvorhang:

Läßt nicht mehr zu,
Die Sicht, den Blick zum nächsten Freund
Nicht mehr von dir zu mir.
Ich bin allein im Nebel im Novembernebel
Im Nebel im November.

*Annedore Siewert (*1939)*

Ich bin, der ich bin

Aus Sonnen geboren
Vagabundierend als kosmischer Staub
Akkretiert im primordialen Nebel
Aufgeblüht auf einem Planeten
Nur für einen Wimpernschlag
Bald zerfalle ich wieder zu Staub
Und in Milliarden von Jahren
Wirst du mich verschlingen in deinem
Todeskampf und sterbend schleuderst du
Mich hinaus ins All

Und wieder vagabundiere ich
Als kosmischer Staub
Akkretiere, blühe auf
Wieder zu schaffen Wissen und Geist
Menschen nach meinem Bilde

*Bruno Simons (*1947)*

Sandburg

Es war faszinierend, das Meer zum ersten Mal
zu erleben.
Strahlend blau, sanftmütig, geheimnisvoll und
verführerisch.
In diesen Wellen schien es keine Vergangenheit
zu geben.
In diesem Blau, war jeder Bewegung himmlisch.
Und der Strand, wohltuend warm und weich
Vollendete Einheit mit dem Wasser, aber der
Geduldigere.
An Erholung oder Entfaltung so reich,
Mit einem Sand zur Architekturlehre.
Wohin das Auge sah, versuchte sich jeder,
Freude, Fantasie und Erwartungen mit einzubauen.
Doch die Gebilde werden verlassen, früher
oder später!
Und manchmal, wie nach einem Erbeben
anzuschauen.
Andere wurden solide gebaut, und blieben
lange stehen.
Immer wieder fanden Belagerungen statt –
gelegentlich erfolglos.
Manchmal wurde sie beschädigt, einfach so im
Vorbeigehen.
Oftmals aber war die blinde Wut rigoros.
Es gab auch Nachbarschaftshilfe,
Bewunderung und Lob.

Gute Ratschläge fehlten ebenso wenig wie
dumme Sprüche.
Und doch verkam alles, ohne das jemand den
Zeigefinger hob,
Nur zum Zeitvertreib in der Lebensküche.
Irgendwann stürzten die Wände ein, aber von
Innen.
Neue Risse wurden sichtbar. Spott kam auf.
Plötzlich griffen auch Chancenlose nach den
Ruinen,
Und die Tragödie nahm ihren Lauf.

Siegfried G. Slodczyk

Flugzeug – Turm

Zwei erhabene Türme,
starke Wirtschaftspotenz.
Zeichen einer Weltstadt,
Weltpolitik, Weltmacht.

Zwei rasende Flugzeuge,
zweckentfremdete Werkzeuge.
Hingeflogene Vernichtung von
modernem Geist und Materie.

Zwei turmhohe Rauchsäulen,
lokale Explosionen
mit globaler Resonanz.

Was nun? Was tun?
Nur Antithese auf These?
Nur Wirkung auf Ursache?
Oder umgekehrt?
Wer kann schon
die Reihenfolge zweifelsfrei
denken, erklären, bestimmen?

Viele Fragen, nur wenige Antworten.
Die Todeskarawanen ziehen weiter.

*Anton Sperling (*1972)*

Die Meister

Die Bildartisten Lou und Rainer
behaupten kühn: „Und glaubt's auch keiner,
die acht Planeten sind Zylinder!"

Ein digitaler Spaß für Kinder!
Mir bleibe man damit vom Leibe,
ich lebe nicht auf einer Scheibe,

und außerdem, ich mag es nicht,
wenn pure Sensationslust spricht!
Wie soll das an der Kante geh'n?

Total verrückt das Phänomen
der hoch riskanten Kantenfahrt!
Doch ist mein Urteil nicht zu hart?

Ist Biegerei nicht Fantasie,
und Fantasie nicht Poesie?
Als Dichter muss ich überlegen:

Bin ich der Richter von Kollegen?
Zurzeit bearbeiten die Meister
ein Bild von mir, o Scheibenkleister!

*Wolf Spickmann (*1943)*

Herbstabend

Wie rot ist der Himmel,
so rot,
bevor die Nacht
ihn auslöscht.

Wie still liegt der Garten,
so still.
Zwei Rosen noch,
fast schon vergessen.

Vielleicht ist morgen
sein letzter Tag
vor dem Winter.

Susanne Spöndlin

Die Nachricht

Zu ungewohnter Zeit ein Geräusch
Was ist das? Wer ist da? Simone, bist Du's?

Es klingelt, es schliesst, die Polizei, die Kripo
ist dabei!

Ein Schrei, er hallt, und hallt, und hallt, und
hallt ...
Als ging er nie vorbei!

Der Sprung gelang ihr vom Hotel
Der Tod erfolgte schnell

Seitdem
Legt sich die Wirklichkeit als Flor
Auf meine Seele, auf mein Ohr

D e r Schrei verhallt noch lange nicht

Ich bleib' zurück alt und allein
Wünsch' mir alsbald Dir nah' zu sein

Nie mehr allein!

Sigrid Stawowy

Mein allererster Auftritt

Geschlossen ist der Vorgang noch.
In 5 Minuten geht er hoch.
Ich spür' genau, es ist soweit.
Ich bin seit Stunden schon bereit.
Die Wartezeit, die ist ein Graus.
Ich halte es bald nicht mehr aus.
Jetzt geht das Zucken wieder los.
Das sind bestimmt die Nerven bloß.
Ich spür' den Druck schwer auf mir lasten,
muß langsam mich nach vorne tasten.
Nun öffnet sich der – Muttermund.
Mein erster Schrei tut allen kund,
das Warten, das war nicht vergebens.
Ich hab' sie betreten, die Bühne des Lebens.

*Karin Steffen (*1947)*

Mord

Um 14:00 Uhr kam der Nebel, alles war weiß
Ich konnt ihn kaum erkennen, meine Hand
wurde heiß.
Ich hörte die Stimme ohne Gesicht,
Ich fühlte die Drohung, doch sah ich sie nicht.
Ein Schaudern, ich fror,
Ein gellender Schrei, der sich im Nebel verlor.
Das Messer warf er ins hohe Gras.
Sie fanden es später, es war noch nass.

Ich höre mich atmen, bin ich das noch?
Ich falle und falle in ein schwarzes Loch.

Um 14:00 Uhr kam der Nebel, alles ward weiß,
Blut tropft auf die Hand, oder ist es Schweiß?
Ich spüre die Klinge wie Sehnsucht ganz tief,
Der Mann rannte fort
Und das Blut mit ihm lief.

Mein Schrei ist endlos, keiner reagiert,
So ist es also, wenn man sein Leben verliert.
Ich friere, doch merk ich es kaum,
Die Uhr schlägt zwei, ich falle aus dem Traum.

Heidemarie Stein

Für einen besonderen Menschen
mit Geb.Dat. 29. Feb

Zwischen den Stunden
im Blitzschlag der Sekunden
wahrnehmbar
nur alle vier Jahr'

trifft's auf den besond'ren Tag
der nur mag
erscheinen
für die besonderen Einen

abgelöst vom Jahresgang
zeigt sich nicht drei Jahre lang

dann im vierten tritt er auf
als besond'rer Tageslauf

Scheint als wär's ein rar Geschenk
doch bedenk:

Du hast zwischen Stunden
im Blitzschlag der Sekunden
auf die Welt gefunden...

Irene Stellwag

Bilder

Unverzichtbar ist mir die Erinnerung
an Bilder, die sie mir bewahrt,
wenn ich aus langem Leben langsam Abschied
nehme:

An das Meer, das nur für mich rauschte
an Kerkyras einsamen Stränden
und des Pantokrators kargen Gipfel,
windumtost und verloren im Nebel.

Steil ist der Pfad zu des Pythagoras
verborgener Höhle,
doch die Erinnerung bleibt an die
mächtigen Felsen im samiotischen Westen.

Leuchtend strahlt das Engelsgesicht
in des apokalyptischen Johannes kleiner
Kapelle,
und die Kraft dieses Ortes
schwingt lange noch nach.

Unverzichtbar sind bestimmte Bilder
auf dem letzten Stück
des dunkel werdenden Weges.

*Ellen-Marie Stengel-Peter (*1940)*

Gottes Segen für dich

Ich wünsche dir Gottes Segen
am Morgen, wenn du aufstehst, in dem er
dir hilft, den Alltag zu meistern,
dich auch weiterhin für die kleinen Dinge des
Lebens zu begeistern.

Ich wünsche dir Gottes Segen
auch am Abend, wenn er trübe Wolken
des Tages aufheitern lässt,
bevor sie dich wie ein Gewitter
in deinen Träumen plagen.

Ich wünsche dir Gottes Segen,
der dich erkennen lässt,
wenn jemand dich in deinem Tun verletzt,
gegen dich schürt,
dein Inneres damit zutiefst berührt.

Ich wünsche dir Gottes Segen,
der dich beschützt auf all deinen Wegen,
der dir Kraft und Mut gibt bei allem was du tust.
Höre auf dein Herz. Tu was du tun musst.

*Annette Stier (*1949)*

An den Main

Ja, ich bin ein Kind vom Main;
Gebor'n in Steinenhausen.
Ja, am Main da lebt's sich fein,
Ein herrlich Wasserbrausen.

Entspringt dem mächt'gen Ochsenkopf;
Fließt in den fernen Rhein.
Schlängelt wie ein langer Zopf,
O wunderschöner Main.

Du stiller, edler, deutscher Strom;
Du gibst mir Kunsteskraft.
Fließt vorbei an manchem Dom;
Du, mein Lebenssaft.

Von Bischofsgrün bis Frankofort,
Blitzt dein silbern Band.
Durchströmst so manchen Fachwerkort –
Beschützt von Gottes Hand.

*Manfred Stopfer (*1948)*

Apocalypse now

Stürme-Terror – Toben-Rasen
Peitschen um die Welt –
Mephistopheles hat den Globus
Einst wie jetzt umstellt –

Der Mensch – der Schöpfung Krone
Er steht verlassen-hilflos
Er kämpft und barmt und hofft
Und leidet Höllen-Qualen

Hoch und tief – bis weit ins Land hinein –
Zerstoben alles Hab und Gut –
Die Früchte seines Fleißes –
Die Zukunft seiner Brut

Um Hilfe und Erbarmen fleh'n wir Menschen –
Gnade-Gnade – verlaß mich nicht, oh Allmacht
Die Einsamkeit auf Erden ist so mächtig –
Hilfe schaffen einzig – kannst nur du

Konrad Stork

Enthüllte Ankunft

In remember of Mr. Fukuyama.
But who was Mr. Fukuyama?

Die Reservate für Beliebigkeiten à la carte –
Sie wachsen über Horizonte.
Es brandet uns brandig entgegen.

Unsere Antennen, umweht von
den parfümierten Winden der Zeit,
empfangen als äonischen Widerhall die
    Schreie der Pythia.
Ihr vorauseilendes Raunen erstickt in pestigen
    Lüften.

Im Morgengrauen, unweit des brennenden
    Dornbusches,
landet ihr *helicopter* im Tal des blühenden Mohns.
Der Schwertträger, kundig vieler Waffen,
säuberte vorher *collateral* die Gegend.
Der Verräter von einst hat noch an Bord
Bilder der unbekleideten Maria verteilt.
Er, der das Wort ist, wird sie tadeln.
Sein Spiegelbild im Fluss erinnert ihn:
Sie wissen es nicht – er ist auch Isa.

In der Glut der aufsteigenden Sonne,
    erwartungsvoll,
tänzeln die Rosse der apokalyptischen Reiter.

Marko Struck

Wiedererwachen

Verschlossene Leben, Verdichtungen,
rufen nach schmelzender Liebe
in frostiger kristaller Nacht.
Funkend das wartende Reis.

Wellen, Terror, Vernichtungen,
schocken mit Eingriff, wie Diebe,
stoßen, bis alles erwacht,
Mahnmale in dickes Eis.

Achen und Wehen beschließen:
Kein Zurück! Für das Leben!
Schloss der Gefangenschaft bricht.
Erster Schrei kommt entgegen.

Brechende Schalen gebären, ergießen,
mit Stärken, die wirken und weben,
neues verletzliches menschliches Licht.
Herzen beginnen sich wieder zu regen.

Gruppen, Erwählte, Eliten,
leben fort in Geschichten aus Leid.
Richter verstummen. Die Male gebieten,
verstehend zu sehen in kommender Zeit.

*Brigitte Szabo (*1952)*

Museen

Wir gehen durch Museen und schauen
Andächtig von Bild zu Bild schlendernd
Gemälde von Vorfahren
Sehen ihr Leben in prächtigen Schlössern und
Gärten.
Wohlstand und Frieden strahlen sie aus.

Doch auf anderen Bildern lässt uns
erschrecken
Erhobene Schwerter zum Töten bereit
Kalt, voll mörderischer Lust
Schauend auf die Angst ihrer Opfer
Was für eine schreckliche Zeit.

Friedvoller scheint unsere heutige Welt
Schwerter kennen wir so nicht.

Aber gemordet wird überall,
auch mit Waffen, die man nicht sieht.
Psychisch und physisch werden Menschen
gemordet.
Bei uns sieht man es nicht
Das hat sich vielleicht verändert.

Wir schlendern an den Gemälden vorbei
Lesen schweigend die Daten
Wollen glauben, so ist es heute nicht

*Gisela Teltenkötter (*1938)*

Das Dorf Upahl

Da gibt es ein Dörfchen – Klein Upahl genannt –
in Mecklenburg, einem sehr schönen Land.

Die geschwungenen Hügel, weich ganz in sich,
Fuhrmann zieh die Zügel, ich will daran
erfreuen mich.

Hier glitzert die Sonne, im See sie sich bricht-
vom Buchenwald oben man die beste Sicht.

Dann ging es weiter, Fuhrmann halt ein, der
Platz hier oben kann kaum schöner sein.

Zu schauen jetzt, das scheint der Lohn – See,
Hügel, Wälder sind eine göttliche Inspiration.

Ein Wind zieht auf, ich bin gerührt, zu erfahren
jetzt wie viel Natur man hier spürt.

Der Sturm jetzt peitscht, droht mit seiner Gewalt,
ich muss gehen– muss sagen: „Bis bald"!

Lange Zeit – ich werde dich missen – aber
eines Tages von neuem begrüßen.

Zum 80. Geburtstag von Hans-Jürgen Hamann

*Ronald Thimian (*1970)*

Geheimnis

Um Wissen atmend
nicht wissen wollen
nicht antastend
befassend
noch auch auf sich
beruhen lassend

doch! Sollte
der Abendstern sonst
in den Nebelkorb
dieses Sichelmonds
stürzen
in seiner Maiengerade
gleich fern
gleich nah

Geheim sei
was du suchst
Geheimnis
Suchender selbst
Mund der es weidet
Augen all lösen dich

Brunhild Touati

Derbe ist Europa deine Sprache

Derbe ist Europa deine Sprache
Dir Europa Ehrwürdgem alt Haus
Drum komme herrlich nun und wache
Durch dein Tun dir so hieraus.
Was nützen dir ansonsten deine Aug?
Die Stern an Stern dich leiten!
Komm und geh in die Welt hinaus
Dir und der Welt viel Glück bereiten.
So doch eng ist's nicht, dein Herz
Fühlst du nicht die zarte Wucht?
Ω Herz, Du Herz, allseits Begehrts
Lehr gold mich nur d'Heine Sehnsucht!
Schmücke Europa dich wieder jener Tür
Verziere wieder sie mit deinem Namen
Zwischen drei und drei Gold Mitte so hier
O Gott herzwarm fühle wieder Umgarnen:
Wo immer noch die Sterne am Wolkenrand
Sind deiner Silberinsel Rügen weißen Fels
Oh ich seh dich goldenes Herz Deutschland
Wie in deren Mitte du dich Europa vorgestellt!
25 Länder hat Europa davon eines Gold
Bleiben übrig 24 Auserwählte gottgewollt
Josefs Oberkirchner Brot, Josefs ein Fünftel
Alle Sterne sind der Sonne Licht Epistel
Federführendim Haupte des Indianers
Derselben bewährten Kupferplatte Griechenlands
Hier weiß Wolkes eine Feder: Palisanders!

Charlotte Trampe

Zu den Sternen

Flügel wachsen mir.
Ich träume,
ich bin ein Vogel.
Weit spanne ich meine Flügel aus,
erhebe mich in die Lüfte
über den Nebel des Alltags.
Fort will ich flügelleicht,
in die Ferne,
über mich hinauskommen.

Ich fliege
in die Grenzenlosigkeit
durch unendliche Weiten des Schweigens,
durch Wetter und Sturm,
über das Gewölbe der Bäume,
über die Dachlandschaft der Häuser,
dem Himmel entgegen.
Ich bin angeschlossen
an die Unendlichkeit.

Ruhelos fliege ich
durch Morgenröte
und Abendlicht,
getragen vom Wolkenmeer.
Ich bin unterwegs
in die himmlische Umarmung,
in ewiges Licht,
zu den Sternen,
dort, wo meine Heimat ist.

*Benedikt Werner Traut (*1934)*

Zeitinsel

Ich komme durch deine Türe
als käme ich nirgendwoher,
als hätte die Zeit ihren Anfang
bei dir und wäre ohne dich leer.

Dein Haus ist umzäunt vom Heute,
erfüllt mit Gegenwart –
das Zeitgespann Gestern und Morgen
steht unter dem Fenster und harrt.

Ich gehe von deiner Türe,
als ginge ich nirgendwohin,
als hätte die Zeit ihr Ende mit dir
– und durch dich einen Sinn.

Margret Tuchel-Genth

Herbst – Zeit – lose

Sonne – Sand – Strand –
Meer
Weite: erbarmungslos
Wärme: rettungslos...
Zauber der Vergangenheit.
Regen. Wind. Sturm.
Unwetter
Trübsinn?
Buntes Laub
Heiterer Wind
Wechselnde Gefühle
Zeit: Geschwind.
Ebbe, Flut,
Gezeiten
Jahreszeiten!
Herbst – Zeit
Lose Blätter
Alles bunt
Alles rein
So – soll es sein.

*Nannette Tychsen (*1966)*

Musik

Regen tropft leise herab, wird immer stärker,
nicht wahrgenommen – nur der Musik gelauscht,
Wind fegt eisig durch's Gesicht,
kaum bemerkt – von den Tönen wie berauscht.
Die Sonne verabschiedet sich,
wen interessiert's, diese Stimme möge singen
ewiglich.

Klang reiht sich an Klang,
mal erdkerntief, mal Engelsgesang.
Melodien sich zu Farben formen,
ignorieren alle bekannten Normen.

Die Seele, beflügelt vom Schall,
erschafft neue Bilder, wirft sie hinaus ins
Herzensall.
Ein Feuerwerk der Töne kreiert eine neue
innere Welt,
der bekannte Körper löst sich auf, nur das
Gefühl noch zählt.

Der Verstand sich nun zur Ruhe legt,
Emotionen schunkeln glückstrunken und tief
bewegt,
fliegen empor, den Sternen entgegen,
lösen sich auf in diamantene Funken, und
fallen herab erneut als Regen.

*Katja Uebelacker (*1971)*

Denkerschweigen

Gelebt das Schweigen,
das nur zu eigen
dem Denker und dem Meer.
Gebirge stöhnen, Wälder rauschen,
sinnlose Dinge bauschen
sich empor zu eigenem Zweck
und singen laut im Chor.
Wer ahnt die Sehnsucht,
die in der Stille weilt?
Gedanken verstummend,
da es geziemend.
Doch wohl gewahr,
dass die Ruhe zu finden,
einst den Menschen gebar.
Abgestiegen von den Gipfeln,
hinweggetaucht,
doch nicht erfroren
im Eiswasser des Lebens,
da Einvernehmen
ward nun auserkoren.
Sanfte Töne im Gehirn,
so lautlos und gediegen
und nur der unselige Gedanke:
hätte ich geschwiegen,
als zu sagen nichts mehr war.
Anerkannt der letzte Wille,
zu leben in der Totenstille.

*Werner Uhlig (*1957)*

Fallendes Laub
(Besuch im Jüdischen Museum in Berlin)

Metallener Schrei
Rostfarbig
Herausgebrüllt

Unendlicher Schrei
In morschen Gesichtern
Festgebrannt

Klagender Schrei
Opferbereit
Dem Lauf der Geschichte
Gefolgt

*Annette Vlachogiannis (*1963)*

Nachts

An meinem Fenster fliehen
leise Tropfen;
zu viele Tränen der Nacht,
in der du noch immer
zwischen den Weben
deiner Ängste
versponnen liegst –
Gedanken getaucht
in reines Gold.

Unter den Linnen
die Schwere der
Glieder, die durch
dein einzig Zeichen
die Leichtigkeit des Seins
zu entfachen vermag
und deinem kühnen Zweifel
das Fürchten lehrt.

Der Abendhimmel
kennt dies Weh
und schenkt dir einen Stern.

Johanna Bärbel Vogler

Eine Winterlinde im Zeitraffer – Ode an die Jahreszeiten –

Das Meer am Horizont glänzt anthrazit.
Das Schwarz der Rinde einer alten, kahlen
    Winterlinde
Erinnert mich an Scherenschnitt.
Ebenso die Platanen, Weiden und Eichen.
Baumriesen, die hier wie überdimensionale
    Zeit-Zeiger ins weite Hügelland reichen!
Diese überdimensionale Uhr löst in meinen
    Gedanken
Eine Vorstellung im Zeitraffer aus, denn ich
    sehe schon:
Wie sich im Frühlingswind der Winterlinde
    gelbe Blüten wiegen!
Im Sommer ihre Blätter Schatten spenden,
Die später dann vom Herbststurm
    heruntergepeitscht raschelnd durchs Land
    fliegen!
Einen Augenblick nur, am Ende dieser
    Vorstellung in der Natur, denke ich zurück:
In memoriam Rousseau!
Und möchte verehrungsvoll die Baumgiganten
    "Jahreszeiten-Zeiger" nennen.
Diese stillen Zeugen aus Jahrzehnten.
Sie lassen uns Jahr für Jahr Natur erleben,
Obwohl wir ihnen immer weniger Natur zum
    Leben lassen!

*Susanne Volk (*1956)*

An den Vater des Ungeborenen

Daß ich nichts spüre als dich,
ein Lächeln zeitgewordener Ewigkeit.
Dich,
den ich entließ in meine Nächte.
In mein Erwachen,
in meinen Tag.

Jetzt, da du in mir bist,
liebend gebettet in Nacht,
lautlos pochend,
traumtrunken wartend auf dein Erwachen,
jetzt kann kein sperrendes Wort
mich mehr verstoßen.
Du bist ja mein.

Und wenn deine Fernen
auch andere Räume erfliegen als mich,
sind sie gebannt in meinem Schoß,
der dich aufsog,
um dich, Geliebter,
neu zu erschaffen.

Edda Waigand

Der Tag davor

Neblig, trüb, schemenhaft alles, verworren,
verschwommen.
Mein Ziel, ich möcht' es so gerne erreichen.
Vom Wege bin ich abgekommen.
Nebel umhüllen grau in grau, man sieht nichts
und kennt doch ganz genau,
was es ist, wie es heißt, wo es steht ...
Und der Zeiger der Uhr immer weiter geht.
Ahnungsvoll rückt die Stunde, mir ist so bang,
so wehe,
auch wenn ich gar nichts sehe.
Ich führ es, und weiß es genau: Oh lasset ab!
Nebel umwabert grau zerrissene Konturen,
mein Herz, es möchte fröhlich sein, doch es
weiß genau,
es ticken boshaft die Uhren. Schau!
Mein Schutzengel, hat er heute frei?
Mich fröstelt, ich bebe, bin nicht mehr ich,
zerbrochen, zerstückelt, zerrissen ...
und, ich will es gar nicht wissen,
weiß es leider zu genau.
Da steht die weiße Nebelfrau mit hoch
erhobenen Armen.
Will sie mich warnen? Ach, habt doch
Erbarmen!
Haltet die Zeiger der Uhren an!

Edda Waimann

Die Geburt der Liebe

Den Moment zu erleben, bei dem man
jemandem nur kurz in die Augen schaut
und der Puls hochschnellt
Den Moment zu spüren wo das Herz zu rasen
beginnt und der Verstand aussetzt
Der Moment in dem der ganze Körper vor
Freude weint und die uralte Sehnsucht
zueinander erwacht
Der Moment in dem Links und Rechts zur
Unkenntlichkeit verschwindet und nur
noch diese Augen zählen
Der Moment in dem wahr wird, sich gefunden
zu haben und zu wünschen jede Sekunde
für einander da zu sein
Der Moment in dem der Wunsch nach Nähe,
Liebe, Wärme und Zärtlichkeit zu einer
unfassbaren wird
Der Moment in dem eine Berührung mehr
zählt als alles Andere
Der Moment in dem der Wunsch nach einer
Umarmung den Raum ausfüllt
Der Moment in dem die Engel vor Freude zu
singen beginnen und ein besonderes
Leuchten den Raum ausfüllt

DAS ist die Geburt der Liebe

Jesus Wälti

Rondo

So oft geh ich die stillen Wege,
die zu dir führen an den Gärten hin.
Ich seh die Blumen, seh die milde Pflege
und weiß, dass ich allein bin.

Des öftern möchte ich sie betreten
und manche Blüte lockt mich sehr.
Doch weiß ich, dass es unerbeten
und nichts als bloßer Raub nur wär.

So geh ich weiter meiner Wege,
die zu dir führen an den Gärten hin.
Ich seh die Blumen, seh die milde Pflege
und weiß, dass ich bald bei dir bin.

*Rudolf Weiland (*1922)*

Dreischiffige Basilika

Kein Zierrat wagt,
das himmelhoch hinauf Gereckte
abzubringen von dem Gesetz,
senkrecht zu sein und Abstand zu halten
von den anderen. Jedes
wahrt seinen eigenen Platz.

Doch oben vollzieht sich Begegnung,
gekrönt vom behauenen Schlussstein,
der scheinbar leicht in der Mitte fast schwebt,
wodurch er die Nachbarn am Abstürzen
    hindert
und zwingt, ihn oben zu halten, die Last
verdrängend nach dort, wo die Neigung
    begann.

Das, was verbinden soll, würde zersprengen,
stemmten sich ihm nicht Kräfte entgegen,
die listig verbergen, notwendig zu sein,
indem sie den erhabnen Raum
in vorgetäuschtem Überfluss
ergänzen zur Dreifaltigkeit.

*Gerhard Weisgerber (*1940)*

Gedankensaat für den Völkerfrieden

Die Kinderstube von Friedenskeimen,
ist in jedem Volk der Familienverband;
wenn in den Familienheimen, Liebe,
Herzensbildung und Zufriedenheit
gelebt werden, blüht der Friede
auch bald im ganzen Land.

Wo das Familienleben überwiegend,
von dem Irrsinn des unbegrenzten
materiellen Wachstums geprägt
ist, und zudem, von Habsucht
beherrscht wird, entwickeln sich
Teufelskreise der Unzufriedenheit.
So kann kein Volk in Frieden leben,
es richtet sich selbst zugrunde, durch
Gier, Zwietracht und Gewalttätigkeit.

Auch der Völkerfrieden wird, im Welt
Getriebe, liebend gezeugt, in heilsamer
Pflicht bewusster Verantwortlichkeit;
er ist die Frucht, geistig gelebter
Nächstenliebe, die Saat gereifter,
freier, Geistesmenschen, die ihre
Erntefrüchte einbringen und genießen,
in friedliebender Völkerverbundenheit.

*Paul Heinrich Wendland (*1936)*

Sommer

Duft des Buchsbaumes
Und Schatten der sanft
gebogenen Morelle.
Silbern flirrt's im Geäst:
Das ist der Augenblick gänzlicher Stille,
Schwebend im wärmenden Dunst
Aufsteigender Wiesen.
Dämmrig-blaue Glaskugel,
An silbernem Faden ins All gebunden.

*Wilhelm Widenmann (*1943)*

Das Requiem auf dem Geiersberg

Ich habe jüngst, vom Genius des Orts berührt,
vor den Vierzehn Heiligen des Geiersbergs
Mozarts Requiem erstaufgeführt.
Die Aufführung entsprach nicht der Größe des
Werks:

Die Kapelle der Heiligen war viel zu klein,
weder Chor noch Orchester passen hinein.

So spielte nur die CD. Und diese befand
sich in einem Mercedes C180 Kompressor,
der draußen vor den Heiligen stand.
In diesem saß ich alter Professor

und schaute, als das Lux Perpetua erklang,
im Abendlicht vom Weinbergshang
auf Himmel, Wald und weites Land.

Erst auf der Heimfahrt fiel mir ein:
Es kann mein Requiem gewesen sein.

*Prof. Dr. med. Wolfgang Wiemer (*1933)*

Ein halbes Jahrhundert – in memoriam … –

Ein halbes Jahrhundert!
Wie scheint es so lang ;
unzählig die Stunden,
gar selig, gar bang.

Ein halbes Jahrhundert!
Wie schnell es verrann
seit jenem September,
da Schicksal begann.

Ein halbes Jahrhundert!
Ein Leben vertickt
in Stunden, Sekunden,
belastet, beglückt.

Ein halbes Jahrhundert!
Es gab uns so viel.
Doch vierzehn der Jahre
bist du schon am Ziel.

Ein halbes Jahrhundert!
Sein strahlender Schein
erhellt alle Wege.
Ich bin n i e allein … –

Riette Wiesner

Bis dass der Tod uns scheidet

Bis dass der Tod uns scheidet,
so sprachst du einst zu mir,
bis dass der Tod uns scheidet,
versprach ich dann auch Dir.
Tod, er ist gekommen
und riss Dich fort von mir;
doch hat uns nicht geschieden,
denn ich bin noch bei Dir.
Du nahmst mein Herz mit rüber
in eine andre Welt,
so dass der Tod nicht scheidet
was Gott zusammenstellt.
Du bist nun meine Sonne,
die mich am Morgen küsst,
Du bist mein Mond am Abend;
wenn Tageslast mich drückt.
Du bist mein Stern am Himmel,
der treulich bei mir wacht,
wenn in der Nacht die Einsamkeit
nach meinem Herzen packt.
Du ziehst in meinen Wesen
nun Deine stille Bahn,
Du warst und bist mein Leben
bis dass ich sterben mag.
Und kommt er dann auch zu mir,
so wirst Du bei mir steh'n
und nimmst mich bei den Händen
wirst ewig mit mir gehen.

Beate Wilms

Im Namen Gottes … (11. September)

Wer wagt es, wer maßt es sich an
Im Namen Eures Gottes, habt ihr es getan
Wer seid ihr, woher nehmt ihr euren Wahn
Im Namen Eures Gottes preist ihr Gutes an
Warum glaubt ihr, ihr könntet verachten
und anderen Menschen nach dem Leben
trachten
Wer macht euch zu solch' respektlosen
Personen
Eure Angst, die ihr habt inne wohnen
Ihr wagt es und maßt es euch an
Zu wissen, was einzig und allein auf Erden
richtig sein kann
Ihr, die ihr Achtung und Respekt vor dem
Leben nicht kennt
Und blind gegen eure eigene Begrenztheit rennt
Wie ein Wolf im Schafsfell kommt ihr daher
Nur glauben wir euch keiner mehr
Ihr meint, man könne in Gut und Böse teilen
das Leben
Doch die Menschlichkeit habt ihr dabei
vergessen weiterzugeben
Wer wagt es, wer maßt es sich an
Im Namen der Liebe und des Lebens werden
wir ihn stoppen, euren Wahn
Auf dass kein Samen Eurer Angst und
Besessenheit mehr gedeihen kann.

Birgit Wilms

Malta

Sehnsüchtig – auf den Spuren
der Johanniter-Ritter. Rhythmus.
Gemächlich am Großmeister-Palast.
Kaffee bei der St. John's' Kathedrale.
Schmetterlinge in der Sonne.

Hastig zum Großen Hafen.
Maltesische Mädchen,
schwarzhaarige Schönheiten.
Erinnerungen an erlebte Zeiten
Hastige Liebe am Hintersee.

Upper Barracca Garden. Berühmt.
Ein Katzensprung nach Kalkara.
Vittoriosa: Venedig von Malta.
Gondelboote, gigantisch: dghajsa.
Schmale, steile Gassen.
Schmetterlinge in der Sonne.

*Wolfgang A. Windecker (*1949)*

Grashalm

Kleiner Grashalm.
Unauffällig, unter Millionen kühn!
Allein ein Nichts.
Zusammen aber, ein prachtvoll Grün!

Eine Wiese voller Leben und Kraft,
der die Natur das Leben gebracht.
Kleiner Grashalm... –
Des Morgens erfrischt, vom Tau der Nacht.

Trocken, wenn Sturm sich durch die Lücken
rafft.
Und schmerzhaft an den Wurzeln schafft.
Doch der Sonne Glut und Kraft,
gibt dem Grashalm lebendige Macht.

Geschunden, getreten und abgeschert,
eines Tages er da liegt, fast ohne Wert.
Der Grashalm könnt' ein Menschlein sein,
wenn seine Zeit, ihn will holen eilig ein!

*Gerald W.T. Zajonz (*1954)*

Loure und Allemand

Eingeboren
wie das Wissen um Vollkommenheit
ist die Sehnsucht uns nach Schmerz

Uns für immer eingegraben
ist die Kraft uns zu vollenden
und uns zu zerstören

Form und Auflösung zugleich
Wesenheit und das
was sie zerreißt

Spuren in die Seele ritzend
fühlend machen
dass wir sind

Bögen aller Himmelskreise
Leid in Schönheit
Sein im Jetzt
Schwingen der Unendlichkeit

Erika Zeiß

Sommernacht

Komm mit raschen Schritten, Sommernacht, du
laue
im Halbschatten sehe ich Nachtgestalten, graue,
und im Mondenschein, unterm weiten
Himmelszelt
träume ich mich fort, von dieser Welt.

In der Morgensonne, im glänzenden
Sonnenschein
ein schöner Sommertag, ein blauer, bricht
herein.
Die Nachtgestalten, die grauen, sie sind fort,
ich zweifle, waren vielleicht gar keine dort?

In der Abendsonne, im roten Schein, letzte
Gedanken
bleiben bei mir. Mit einem großen Bedanken
für Freiheit, für diese schöne Zeit, für diesen
Tag,
nur für mich, frei von Sorgen, Müh' und Plag'.

Sommernacht, du laue, komm mit leichten
Schritten,
sieh, wie sich im Halbschatten die grauen
Gestalten lichten.
Im hellen Mondenschein, unterm Sternenzelt,
kann ich nun träumen, hier, von dieser Welt.

*Almut Zimmermann (*1951)*

Spätherbst

Der Erde warmer Atem gehet leise
und langsam pocht ihr abgemühtes Herz.
Novembersonn' auf kurzer Tagesreise,
schleppt wandermüde Schritte gipfelwärts.

Der Buchen lodernd Feuer ist verglommen,
weich schmiegt sich um die Lärchen gelber
Flaum.
Der Farben Glanz hat früher Reif genommen,
und tändelnd fällt das Laub von Strauch und
Baum.

Von nackten Eschen krächzen heiser Raben.
Ihr Schrei stößt schneeverkündend in das Feld.
Bald wird das Land die weiße Hülle haben,
doch junge Knospen träumen in die Welt.

*Stephanie Zobernig (*1917)*

Inhalt:

A

B

C

L

Q

R

S

T

U

V

W

Z